『水の迷宮』

「やめろ」アプサラの額に、レイガンの銃口が突きつけられた。
（51ページ参照）

ハヤカワ文庫JA
〈JA1100〉

クラッシャージョウ⑪

水の迷宮

高千穂 遙

早川書房
7141

カバー／口絵／挿絵　安彦良和

目次

水の迷宮

本作は、久川綾さんが作詞された楽曲「水のラビリンス」により、構想が生まれました。イメージとタイトルを使用することを快諾してくださった久川綾さんに、この場を借りて心からお礼を申し上げます。

第一章　人工生命体

1

アプサラはスフィアを見つめていた。

天空《スフィア》は眼前に蒼く広がっている。彼女の肉体は澄みきった海水に包まれており、その周囲には珊瑚の防波堤が、緩やかな弧を白く描いている。

ラハブ31272。

それが、その環礁の名であった。地図にも記載されている。惑星マルガラスの海に無数に存在する珊瑚礁のひとつだ。礁湖《ラグーン》の直径はおよそ六百メートル。規模としても、それほど大きくはない。

アプサラは目を閉じた。

かすかな波の音が耳に届いた。長い黒髪が水の中で揺れた。

アプサラのからだが水面《みのも》を漂っている。何も身につけてはいない。白い裸身を海に委《ゆだ》ね、すべてを無防備にさらけだして、アプサラはひとり仰臥《ぎょうが》する。

風を感じた。

まぶたをひらいた。長いまつげが、しずくを散らした。濃い褐色の瞳が、再びスフィアを捉えた。

太陽《シェオール》の位置を確認した。

二時間が過ぎていた。昼前にここにきて裸になり、海の底に潜った。しばし魚たちとたわむれ、アシェルやウフロとも遊んだ。そして、ラグーンの中央に浮かびあがった。スフィアを仰ぎ、身を横たえた。四肢を伸ばして、力を抜いた。水が彼女を支えている。目、鼻、口。海面にでているのは顔の一部だけだ。さざなみが頬をなぶる。

静かだ。

音はある。しかし、それは意識を乱す不快な波動ではない。静謐《せいひつ》の一部となっている。

いま一度、アプサラは目を閉じた。

世界が闇に覆われた。自由落下に似た、心地よい浮遊感覚がある。永遠につづいてほしい時間《とき》の流れだ。

衝撃波が海を打った。

海は、それをアプサラに知らせた。

アプサラが動いた。

体をひねり、反転した。

いったん深く沈む。腕で水を掻き、方向を変える。肌にソニック・ブームのショックが伝わってくる。

魔女《ウイッチ》だ。

直感した。複数のウイッチがラハブ海域に突入した。いま海中をあわただしくめぐっている。

何かが起きた。予定外の事態だ。出動命令がだされる。それは間違いない。

休息のひとときが終わった。

浮上した。強く水を蹴り、アプサラは勢いよく海面に飛びだした。

環礁の切れ目で、光が燦《きらめ》いた。銀色の飛行体。高度は数メートルといったところか。

後方に水の壁が生じている。衝撃波によって、海水が弾き飛ばされた。それが白い帯となって、長く延びている。

ウイッチを視認し、アプサラは水中に戻った。環礁の一角をめざして、泳いだ。

海が急速に浅くなった。足先が礁石灰岩に触れた。

立ちあがり、上体を起こした。濡れた髪が背中に張りついた。しぶきが四方に散る。

環礁の上に登った。

乾いた岩の蔭に戦闘服《プロテクティブ・ファティーグ》があった。無造作に放置されている。淡いピンクの光沢があるパールホワイトの戦闘服は、プラスチック繊維でつくられたオールインワンのスーツだ。ブーツからグラブまでもが一体になっている。

素早く着用した。下着はつけない。そのまま戦闘服を素肌にまとう。着た直後は心もちゆったりとしているが、しばらくすると体温を感知して繊維が縮む。肉体に密着し、からだのラインを忠実に再現する。

アプサラは髪を束ね、ピンクリップでまとめた。表情が一変した。一糸もまとわず海にひたっていたときは、少女のようなまなざしをしていた。が、いまは違う。双眸《そうぼう》が、猛禽《もうきん》のそれにも似た猛々しい光を帯びている。鋭く、そして冷たい。

きびすを返し、アプサラはあらためて海に入った。

潜る。環礁の斜面に沿って海底へと向かう。環礁はまっすぐに切れ落ちていた。アプサラは四十メートルあまりを一気に降下した。

明滅する赤い光が見えた。アプサラが近づいたために、ウオーラスのセンサーが反応した。彼女専用の水中用機動装甲体《ギグ》だ。

アプサラはウオーラスの正面に身を置いた。

パネルのカバーをあけた。黒いプレートがはめこまれている。そこに右の瞳を近づけた。システムが網膜パターンを読みとり、アプサラを認識した。

上部装甲《アッパー》がゆっくりとひらいた。アプサラは前転して、ウオーラスの内部にもぐりこんだ。

シートにつき、胸と腰を固定した。シートの両脇にレバーが跳ねあがった。それを握った。

上部装甲が閉まる。海水は排出されない。それはアプサラにしてみれば、どうでもいいことである。

スクリーンに映像が入った。

三百六十度の全周スクリーンだ。上下角百二十度の画面が、アプサラを完全に囲む。死角になっている部分は、必要に応じてスクリーン上にオーバーラップされる。

「発進《スタート》」

つぶやくように、アプサラが言った。

ウオーラスが立ちあがった。スクリーンに数値とアイコンで、さまざまなデータが表示される。それをアプサラは瞬時に読み、理解する。

ウオーラスのシステムは、全自動だ。パイロットが搭乗せず、無線で任務を与えただけでも、それを完全に遂行する。

「リム。レベル１維持。西南二十八」

命令は短い。敵に遭遇し、戦闘をおこなうときも、「ぶっ殺せ《ビート・アップ》」と言うだけでいい。

あとはウオーラスが勝手に戦う。

ただし、パイロットが手動で操作に介入した場合は、事情が異なる。手動操作が優先され、ウオーラスはパイロットの意志に従って動作する。アプサラが握ったレバーは、そのためのものだ。

ウオーラスは浮上しながら礁石灰岩の壁の隙間を抜け、ラハブ31272から離脱した。

深度三メートル。海面の直下に至った。そのまま西二十八度南に向け、水平航行に移る。速度は時速百キロ。指示がないので、ウオーラス自身が設定した。標準的な移動速度だ。

「ギグ6、位置を捕捉した」

スピーカーから声が流れた。音声だけだ。映像はない。ジブリールの物憂げで低い声が耳朶《じだ》を打った。

「何が起きたの？」

アプサラは訊いた。八時間の休息待機が、三時間でとり消された。それもウイッチを使っての総員通達である。あの様子なら、少なくとも一ダースのウイッチが、十分くらいはラハブ海域を飛びまわっていたはずだ。熟睡していても、目が覚める。いくらジブリールが〝凍てついた心《フローズン・ハート》〟の持主であっても、よほどの非常時でない限り、これはやらない。

「いつものやつだ」ジブリールは答えた。

「賢者の贈り物が、軌道から外れた。すみやかに回収しなくてはならない。すでに反政《オ》府軍《ズマ》は動きだした。前線の部隊を当該海域に進攻させている」

「当該海域って？」

「ハルート」

「中立地帯が近いわ」

「われわれの領海だ」

「座標は？　協定違反はごめんよ」

「ギグ3がデータを持っている。ノーマルでは送れない。ベイリーからレーザーでもらってくれ」

「オズマの展開が速いの？」

「スフィアの段階でマークされていた。五万分の一の確率が的中したということだ」

「そんなにたくさんギフトを受け取った覚えはないわね」

「あれを奪われたあとのことだけを考えろ。ほかのことは忘れたほうがいい」

「ギグの捕捉は何体？」

「いまのところ一パーティ半だ」

きょうの一パーティは十四体だった。朝のミーティングで、ジブリールがそう告げた。ということは、二十体ほどが確保されている。数字としては悪くない。指揮官がギグ3のベイリーとなれば、これはむしろ好運と言っていいレベルの任務《ミッション》だろう。

「そろそろ限界だ」ジブリールが言葉をつづけた。

「交信を切る」

「いいわよ」

アプサラはうなずいた。

視線を移し、スクリーンの隅に表示されている数字を読んだ。

ハルート海域まで、あと一千四百秒。

「速度百二十」

アプサラは言った。

ウオーラスが加速した。

2

ハルート海域に入った。

音を捉えた。

ウフロの啼《な》き声だ。マルガラスでもっともありふれた海獣である。赤道近辺以外なら、どこの海域にも存在する。群れをつくり、海面近くを遊泳して小魚を食べている。地球《テラ》のアザラシに似ていると言われているが、アプサラはアザラシを見たことがない。

甲高い、口笛に似た音がアプサラの耳朶をしきりに打つ。

この音は。

電子音だ。

本物のウフロの啼き声ではない。そっくりだが、どこかが違う。しかし、その違いを人の耳で聞き分けることはできない。

聞き分けるのは、ウオーラスに搭載されたメインシステムだ。

スクリーンに文字が浮かんだ。

ワレヲ追尾セヨ。

ギグ3がウフロの啼き声に擬した暗号通信を海中に流している。これがマルガラスでもっとも安全かつ確実な交信手段だ。用いる海獣の声は頻繁に変わる。暗号パターンも、作戦ごとに変化する。それは、オズマも同じだ。解読はできない。試みても、その前に作戦が終了する。

「ギグ3を追尾」アプサラは言った。

「近接限界距離は二百」

スクリーンが三回、明滅する。メインシステムがアプサラの命令を認識した。

ギグ3は、高速度で移動している。ウオーラスは転針し、加速した。水深をさらに二メートル下げる。

ソナーがギグ3を捉えた。距離千二百。

「この位置を保って」

アプサラが言った。

スクリーンにあらたな光点があらわれた。ひとつ、ふたつ、三つ。つぎつぎに光点は増えていく。ウフロの声が届き、それらの光点が味方のギグであることがわかる。すべて、一定の距離を保ってギグ3を追っている。

「十三体を確認しました」

声が流れた。深みのあるバリトンだ。どう聞いても人間の声そのものだが、これは人工音声である。ウオーラスの声だ。

技術的に、人間そっくりの人工音声を合成し、会話をやりとりさせるのは、むずかしいことではない。しかし、ごく一部のアンドロイドを除いて、ロボットにおいてはほとんどの場合、人工音声にわざと特有の癖を残す。人間の声や口調のままにはしない。そうすることで、ロボットがしゃべっているのだと意図的にはっきりさせる。でないと、人間同士の会話の中に、ロボットの言葉が埋もれてしまうからだ。より明確に人工音声であることを示すため、無用な擬声音、擬態音をセンテンスの間にまぜることもある。それら極めて不自然な細工によって、ロボットの言《げん》は人間のものとは異なる意味を持つことになる。

だが、アプサラはあえてウオーラスの人工音声を人間と同じにつくらせた。発音もイントネーションも、人間と寸分たがわぬようにした。アプサラとウオーラスの会話は、閉ざされた空間で一対一で交わすやりとりだ。その相手の声をわざと不自然なものにする必要はない。

スクリーンにあらたな文字が浮かんだ。

ぎふとヲ確認。

アプサラが訊いた。

「位置情報は？」

ウオーラスが答えた。

「表示します」

スクリーンに海域の座標映像が加わった。中央にギフトを示す赤い光点があり、その周囲に味方のギグを示す青い光点が散らばっている。

ぎぐ4ガぎふとヲ回収スル。4以外ハ、スベテさぽーとニマワレ。

青い光点の横に数字が並んだ。

ウオーラスは、ギグ6として認識されている。

スクリーンの色が変わった。赤くなった。同時に、警告音が断続的に響いた。

オズマがきた。ウオーラスのソナーがその存在をキャッチした。

ギフトは、衛星軌道上からマルガラスの地表に向かって投下された大型のカプセルだ。その中には、前線への補給物資が詰めこまれている。

大陸のないマルガラスでは、補給物資を陸送することができない。海上輸送は危険を伴なう。輸送船であろうと、海中を行く潜水艦であろうと、ほぼ間違いなく撃沈される。

マルガラスの内戦は、管理された戦争だ。銀河連合の定めたルールによって、戦闘行為そのものが厳しく縛られている。

内戦がはじまった直後。銀河連合が派遣した学術調査隊が、マルガラスの海底で先住知的生命体のあらたな遺跡を発見した。

条約により、銀河連合による先住知的生命体の遺跡発掘は、その惑星における最優先事項となる。調査隊に対しては、主権すら及ばない。状況によっては、銀河連合の全面介入ということも考えられる。

そうなることをシェオール政府は嫌った。オズマも同じだった。

両者は、銀河連合と協定を結んだ。

銀河連合は内戦に干渉しない。しかし、マルガラスの高度千メートル以上の空域は銀河連合の支配下に置かれる。大量破壊兵器の使用についても、これを禁止する。遺跡とおぼしき場所、遺跡の調査船、そのクルーと銀河連合が派遣した調査スタッフに危害が加えられたときは、協定が破棄される。

ギフトを投下するのは、協定によってマルガラスの衛星軌道上に配置された二基の宇宙ステーションのみとなった。ステーションはシェオールとオズマがそれぞれ建造し、武装は許されていない。このステーションを通じて、双方は他星系と交易をおこない、物資を地表に送る。輸出しているのは、マルガラスの海から抽出されるレアメタルだ。銀河連合の認可を受けた民間商社のシャトルと貨物宇宙船が交易の仲介役となっている。

問題はギフトだ。

ギフトはステーションから前線地帯に向け、直接投下される。そこではシェオールとオズマの両軍が一触即発の状態で対峙している。投下され、高度千メートル以下に達した時点で、そのギフトは、先に確保したものの所有物となる。

海の惑星マルガラスでは、銀河連合が線引きした中立地帯を除くすべての海域が戦場だ。戦線は広く、長距離の移動は容易ではない。ギグ最速と言われているアプサラのウオーラスであっても、最大巡航速度は水中での時速百三十キロが限度である。航空機やエアカーの速度には、どうあがいても届かない。

投下情報を受けた部隊は、魔女《ウィッチ》と呼ばれる高速機動型水中ロボットと、ギグで武装した回収要員を現地に急行させる。だが、投下は常に監視されている上、落下地点もピンポイントということにはならず、最終的に、ギフトはどちらが投下したものであってもシェオール、オズマ両軍の奪い合いとなる。自軍のギフトを敵軍に奪われた場合、そのダメージは大きい。物資の横取り合戦も、重要な戦闘行為だ。軽んじることはできない。

オレンジ色の光点が、スクリーンに入った。光点は、つぎつぎと増えていく。オズマのギグだ。

「ちくしょう。多いぞ」

声が流れた。ちょっと甲高い、ベイリーの声だ。両軍が認知範囲内に進入した。もはや交信をすべて暗号化する必要はない。ここから先は、傭兵それぞれが各人の判断で動く。ギグ4がギフトを確保し、この海域から離脱するまで。

「敵対ギグの数」

アプサラがウオーラスに訊いた。

「現時点で二十七体です」

「行動予測を」

「表示します」

スクリーンの中でオレンジ色の光点が移動した。十二体が赤い光点に向かう。七体が、その周囲に展開する。残る八体が、一体のギグをめざし、直進する。

青い光点。狙われているのは、シェオールのギグだ。数字が付加されている。ギグ6。ウォーラス。

あたしひとりに八体？

アプサラの眉が、小さく跳ねた。シェオールのギグ八体が、ウォーラスを標的として攻撃を仕掛けてくると、システムが予測している。

「どういうこと？」

「判断できません」ウォーラスは答えた。

「情報が不足しています」

「そうよね」アプサラはつぶやき、うなずいた。

「たぶん、ギフトを奪うついでに、こっちの戦力を削《そ》いでおこうって考えたんだと思うけど、あまりにも意味がないわ」

アプサラは傭兵部隊のエースだ。ギグによる海中戦闘で、アプサラの強さは群を抜いている。そのことは、彼女自身も承知している。しかし、この内戦において、ひとりやふたりのエースの存在など、とるに足らないことだ。そのために作戦を立て、わざわざ首を奪っても、戦況には何ひとつ影響しない。むしろ、失うもののほうが多い。

スクリーンがもとに戻った。彼我《ひが》の光点の位置が、少し変わっている。オレンジ色の光点は、システムの予測に近い動きを示している。どうやら本当に八体のギグがウォーラスめがけて突っこんでくるらしい。

「九十秒で射程内に入ります」

ウォーラスが言った。

「こっちから行くわ」アプサラは小さくあごを引いた。

「戦闘モードのプライオリティをパイロットに渡して」

「了解しました」

火器管制シークエンスが切り換わった。アプサラのレバー操作を優先しつつ、状況によっては、あらかじめ定められた手順に従ってシステムが自動応戦する。

ウォーラスが加速した。

めざすは、彼女に向かってくる八体のギグだ。八対一は明らかに不利だが、それはこの際、無視する。まず動く。まず戦う。それが生き残るための唯一の手段だ。

双方の間合いが詰まった。

八体のギグが、あわてて散開する。

まさか、ウォーラスのほうから仕掛けてくるとは思わなかった。そういう反応だ。

「バイクス！」

アプサラの声が響いた。

ウォーラスが水中ミサイル《バイクス》を放った。

十基のミサイルが、三十基の弾頭に分裂し、オズマのギグを襲う。

水深三百メートル。

闇の世界に閃光が疾《はし》った。

3

〈ベセルダ〉の船上があわただしくなった。

護衛の兵士たちが、右往左往している。

アルフィンは、ディーラーの背後にいた。ディーラーは潜水艇の作業員とともに、上《アッ》甲板端《パーデッキ》に置かれた観測機器のチェックをしている。

ジョウがきた。ジョウは船橋でワッチをしていた。いわゆる見張りだ。〈ベセルダ〉の乗組員や護衛の士官も三交替でワッチをおこなっているが、ジョウも、この時間帯はワッチに立つ。自動監視システムまかせでは安心できない。

「何かあったの？」

アルフィンがジョウに訊いた。

「戦闘がはじまった。近い。ディーラーを船内に避難させろ」

「どこにいても、同じだよ」

ディーラーが振り返り、言った。ふたりのやりとりが耳に届いたらしい。

「そうはいかない」ジョウが言った。

「俺は常に最悪の事態を予測して判断している。ここにいるよりも、船内のほうが明らかに安全だ」

「ギフトの回収か？」

「そうだ」ジョウはうなずいた。

「0653に落下が確認された。ハルート海域の南西部。シェオールもオズマも動いている。未確認だが、戦闘がはじまった可能性が高い。ソナーがいやな反応を拾っている」

「ここは中立地帯だぞ」

「ちょっと違う」ジョウは首を横に振った。

「中立地帯とシェオールの領海との境界線上だ」

どこかでギフトの争奪戦がおこなわれている。

アルフィンは視線を海に向けた。惑星マルガラスの大海原。地表のほとんどすべてを海が覆っている。

マルガラスは海洋惑星だ。大陸はなく、惑星表面には小さな島々が無数に散らばっている。島の最大標高は七百二十三メートルで、八百メートルを超える山はひとつもない。足かけ三年にわたってマルガラスでは内戦がつづいている。政府軍と反政府軍の、血で血を洗う凄惨な争いだ。

戦闘は海中、海上、高度千メートル以下の空中でのみおこなわれる。

極端に限定された戦争である。繰り広げられるのは局地戦だけで、全面戦争にはどうやっても至らない。中立地帯の存在が、戦線のとめどなき拡大を阻止している。

「なんで、中立地帯の近くにギフトを落としちゃうのよ」

首をめぐらし、アルフィンが言った。

「風で流された。それはレーダーで確認した。意図的な投下じゃない。事故だ」

ジョウが答えた。

「一時間後に潜る」ディーラーが言った。

「すでに準備もととのっている。あとは、潜水艇の最終調整だけだ。中断はできない」

「しかし」

ジョウが言葉を返そうとしたとき。

どおんという太い音とともに、すさまじい水しぶきがあがった。

〈ベセルダ〉の右舷だ。

滝のように、海水が降ってくる。

アルフィンが動いた。反射的にディーラーの背後にまわった。腰に腕をまわし、叫ぶ。

「しゃがんで！」

身をかがめたディーラーの背中に、アルフィンは自分の上体をかぶせた。

一方。

ジョウはアッパーデッキを横切り、右舷へと進んだ。右手にはハイパワーのヒートガンを握っている。この仕事のために持ってきた最強のハンドガンである。

叩きつけるように降ってくる海水を浴びながら、ジョウは右舷の手摺《てす》りから身を乗りだした。

その眼前に。

黒い影が出現した。

影は大きくうねるように跳ねあがり、ジョウの視界を覆った。

それが何ものなのか、ジョウは瞬時に見てとった。

ギグだ！

水中戦闘用パワードスーツ。

形状は、大型魚類のそれだ。テラのサメに酷似している。細長い紡錘形《ぼうすいけい》で、ヒレ状の突起《フィン》がいくつかあり、黒光りするボディはしなやかに彎曲《わんきょく》していて浅い弧を描いている。

ギグが空中で反転した。そのまま海面すれすれを飛行する。高度は一メートル弱。

海が割れる。

左手、四、五十メートルほど先だ。

あらたなギグが飛びだした。垂直に躍りでて、体をななめにひねった。

進路が変わる。〈ベセルダ〉に向かう。ジョウめがけて、まっすぐに突っこんでくる。

銀色のギグだ。陽光を浴びて、まばゆく輝いている。

ギグとギグの戦闘。

戦っているうちに、中立地帯へと入りこんでしまった。

本来なら、それがわかった時点で、どちらもすぐに攻撃をやめなくてはいけない。

が。

それができない。

同時にやめるというのは不可能だ。その場合、一瞬でも先に戦闘から降りたほうが敗者になる。撃ち抜かれ、海底に沈む。スポーツではないのだ。反則があっても、それを公平に裁くレフェリーはいない。

光芒が疾った。

黒いギグだ。〈ベセルダ〉と並行して飛び、パルスレーザー砲を撃った。水中戦闘用のパワードスーツだが、高速飛行機能も備えている。短時間なら、マッハで飛ぶ。

黒いギグはアプサラのウオーラスだった。

アプサラは動揺していた。長い傭兵生活の中ではじめてのことだ。

最初のミサイル攻撃で、アプサラは三体の敵ギグを屠《ほふ》った。

さらに一体を接近戦に持ちこみ、パルスレーザーで切り裂いた。

残るは四体だ。

しかし。

先手を打つことができたのは、そこまでだった。

アプサラは四体のギグに追われた。

オズマのギグが二手に分かれる。

三体が深度を下げた。一体はウオーラスに迫る。接近戦を挑む。

速い。

ウオーラスに突進してくる一体の動きが格段に速い。このギグだけ、明らかにパイロットの技倆が違う。

ペグパウラだ。

アプサラは直感した。

オズマ傭兵機動部隊のエースである。ギグの名はシルバーバック。これまでも何度か干戈《かんか》を交えた。一度は撃破寸前まで追いつめた。だが、援軍がきて、逃げられた。

相手がペグパウラとなると。

この不可解な作戦は、かれの独断による復讐的行動かもしれない。そう考えれば、辻褄が合う。ギフトの強奪は二の次。それよりも、アプサラの首を獲りたい。残虐無比。冷酷非情。噂に聞くペグパウラの性格がそのとおりなら、それはありえることだ。

ペグパウラのギグがウオーラスをかすめる。フィンは使わなかった。

双方がパルスレーザー砲のビームを発射した。

海水による減衰で、ビームは近距離でしか使えない。ギグとギグの近接戦闘は、ビームかフィンでの切り裂き合い、一種の肉弾戦となる。

ウオーラスとシルバーバックが離れた。

そのタイミングで。

下から三体のギグがあがってきた。

これは予測していた。ウオーラスと一対一で戦えるのはシルバーバックだけだ。両者の接近戦が途切れると、必ず雑魚が突っかかってくる。

「こいつらは、まかせるわ」アプサラが言った。

「あたしはシルバーバックに専念する」

「了解しました」

ウオーラスが言った。

ソナーで、シルバーバックの位置を確認した。シルバーバックは距離を置いている。このタイミングで攻撃したら、仲間を巻き添えにする。そう判断したのだろう。

鈍いショックをアプサラは感じた。

ウオーラスがミサイルを発射した。システムによる自動攻撃だ。下からくる三体のギグをシステムが狙った。アプサラは、いっさい気にしない。その目はシルバーバックの光点に釘づけだ。

ペグパウラは海面に向かっている。

ミサイルが爆発した。

衝撃波がアプサラを揺さぶった。

「二体撃破」

ウオーラスが言った。一体を逃した。後方には、まだ敵がいる。

「シルバーバックを追うわ」

つぶやくように、アプサラが言った。いま一度、接近戦に持ちこむ。

ウオーラスが上昇を開始した。

そこで、警報が鳴った。

予期せぬ警報だった。

中立地帯が近い。海上に何かがいる。ソナーが捕捉した。大型の航行物体だ。

船！

追ってはいけない。このままペグパウラのギグを追うと、中立地帯に入る。

と、アプサラが思ったつぎの瞬間。

「ミサイル接近」

ウオーラスが言った。

4

後方のギグが撃ってきた。意表を衝《つ》かれた。

ありえないことだ。アプサラの進路にはシルバーバックがいる。所属不明の大型船舶もいる。撃ってくるはずがないと思っていた。

航行する船に影響が及ばないようにミサイルをかわし、かつ、すみやかにこの海域から離脱しなくてはいけない。

アプサラは本能で動いた。

ウオーラスを反転させる。ミサイルを自分のもとへと引きつける。しかし、問題はシルバーバックだ。ペグパウラはこうなることを承知の上で、海面に向かったのだろうか。

「ミサイルはあたしがやる」アプサラが言った。

「そっちはギグをつぶして」

「了解」

ミサイルがきた。

アプサラはスクリーンに視線を向けた。シルバーバックの光点が、大きく弧を描いている。

「はさみ討ちにする気かしら」

アプサラはつぶやいた。

だが、いまはシルバーバックを無視する。パルスレーザー砲のトリガーを握った。勝負は一瞬で決める。でないと、シルバーバックにつけこまれる。

ミサイルが迫った。その背後にはギグがいる。

ぎりぎりまで引きつけた。

うねるように、ウオーラスが体をひねる。

アプサラはトリガーボタンを押した。

ミサイルが爆発する。

同時に。

システムが反撃のミサイルを放った。

ウオーラスが海面に向かって急上昇する。

行手には不明船舶がいた。その直前でウオーラスが浮上。それがアプサラの狙いだ。

スクリーンで光点がひとつ消えた。ミサイルがギグを仕留めた。

シルバーバックがくる。いいタイミングだ。さすがはペグパウラ。仲間の犠牲を無駄にはしない。この位置関係だと、ウオーラスは絶対的に不利だ。

両者の行手に船さえいなければ。

突っこんでくるシルバーバックにかまわず、ウオーラスは海面へと躍りでた。

海中での爆発による水しぶきにつづいて、黒いギグが飛びだしてきた。

さらに、それを追うかのように、銀色のギグもあらわれた。

二体のギグはジョウの目の前で激しい戦いを繰り広げている。

銀色のギグが〈ベセルダ〉に向かってきた。

黒いギグは〈ベセルダ〉から離れた。パルスレーザーを撃ちながら、船尾へと抜けた。

そこで、左に旋回する。

「伏せろ！」上体をひねり、うしろに向かってジョウが叫んだ。

「全員、伏せろ」

ディーラーは、すでにアルフィンによって、アッパーデッキに身を投げている。立っているのは、十人ほどの兵士たちだ。かれらもジョウの声を聞き、あわてて俯《うつぶ》せになった。

銀色のギグが火球を放つ。ブラスターだ。口径は小さいが、なだれるように連射する。狙いはあくまでも、黒いギグ。しかし、そのすぐ横には〈ベセルダ〉がいる。それでも、かまわず銀色のギグはブラスターを撃つ。

協定違反だ。すれすれの行為というレベルではない。明らかに協定を破っている。

黒いギグが銀色のギグの背後にまわりこもうとした。火線から〈ベセルダ〉を外そうとする行動だ。黒いギグは協定を守ろうとしている。その上で、的確に反撃をしている。

パイロットの技倆は、黒いギグのほうが高い。

銀色のギグが高度を下げた。

水中に戻る。頭から海面に飛びこみ、一気に潜った。

つぎの瞬間。

また水しぶきがあがった。

数か所、同時に。

ミサイルだ。銀色のギグは水中で小型ミサイルを発射した。

三基のミサイルが、黒いギグを囲む。と同時に、再び銀色のギグが空中に躍りでる。

黒いギグのビームが、ミサイルを撃った。銀色のギグはブラスターの連射で、その動きを止めようとする。

ミサイルが爆発した。

一基。二基。

しかし、三基目のミサイルはビームの直撃を免《まぬが》れた。ブラスターの火球をかわすため、黒いギグの体勢が乱れた。

ビームが、ミサイルのボディをかすめた。機関部が灼《や》き裂かれ、ミサイルが跳ねるように進路を変えた。

Uターンする。

コントロールされていない。ミサイルの目標は黒いギグだったが、追尾できなくなった。

「！」

ジョウがヒートガンを構えた。

ミサイルがくる。制御を失ったミサイルが、〈ベセルダ〉に向かって飛んでくる。このままだと、間違いなく船尾に突き刺さる。

ヒートガンで、落とせるか？

やるしかない。

ジョウの指がトリガーボタンにかかった。

黒い影が視界を覆った。

ギグだ。
黒いギグが、〈ベセルダ〉とミサイルの間に飛びこんできた。
爆発音とともに、紅蓮《ぐれん》の炎がギグを包む。
何が起きたのかは、わからなかった。わからなかったが、想像はついた。
黒いギグがミサイルを撃墜した。
二十メートルに満たない至近距離で。
爆風が黒いギグを吹き飛ばした。
〈ベセルダ〉が揺れる。
飛ばされたギグが、アッパーデッキに叩きつけられた。
轟音が、ジョウの耳をつんざいた。

警報が鳴り響いた。
〈ベセルダ〉が揺れつづけている。船尾から煙があがっている。
ジョウは手摺りを左手でつかんで立っていた。首をめぐらし、銀色のギグを探す。
いない。
海中に潜ったままだ。
あるいは、すでにここから去ってしまったか。

洋上に平穏が戻った。

逆にアッパーデッキ上は、にわかに騒がしくなった。

伏せていた兵士たちが立ちあがる。船尾から声が湧きあがった。激しいやりとりだ。怒号のように聞こえる。

「何があったの？」

アルフィンがきた。その横にはディーラーもいる。

「ギグがアッパーデッキに落ちた」ジョウは言った。

「敵の放ったミサイルを撃墜したんだが、その爆風をまともに浴びた」

「逃げなかったの？」

アルフィンが訊いた。

「逆だ」ジョウは首を横に振った。

「自分から浴びた。爆風がこの船に届きそうだったから」

「意味が、よくわからない」

ディーラーが言った。調査チームの最高責任者だ。遺跡考古学の大家で、二十六歳にして銀河連合の先史文明探査委員会の委員長に就任した。二年前のことである。

「ギグは二体いた」ジョウは言葉をつづけた。

「銀色と黒だ。銀色が発射したミサイルを黒が迎撃した。だが、落としきれなかったミサイルが一基、この船に向かって飛んできた。黒は船とミサイルとの間に入って、被害がこっちに及ばないようにした」

「身を挺して、〈ベセルダ〉を守ったの？」

「そうだ。銀色は明らかに協定を無視していた。黒は違う。常に〈ベセルダ〉を避けるようにして動いていた」

「その結果が、こういうことか」

ディーラーがあごをしゃくった。船尾の煙は、まだおさまっていない。

「チーフ」

赤いハイネックのシャツを着た男がディーラーの横にきた。ホセ。潜水艇の作業員だ。

「電源が一部落ちています。予定どおり潜ることができません」

「復旧作業は？」

「全力でやっています」

「見通しがついたら、また報告してくれ。きょうは何があっても潜る。でないと、スケジュールがさらに遅れる」

「わかりました」

敬礼し、ホセはきびすを返した。

「さて」ディーラーは、ジョウに向き直った。

「作業を妨害してくれたやつの顔を見にいこう」

「船尾に行くのか？」

ジョウが訊いた。

「ああ」

「危険だ。賛成できない」

「まあ、護衛の言い分としては、そうだろうな」ディーラーは笑顔を見せた。

「でも、ぼくは見にいきたい。というか、このプロジェクトの責任者として、闖入者《ちんにゅうしゃ》をきちんと確認しておく必要がある」

「あたしも、ちょっと見てみたい」

アルフィンが言った。アルフィンは、先ほどからしきりに船尾の煙を気にしていた。この〈ベセルダ〉に乗って、きょうで八日目になる。その間、ただずうっとディーラーの脇につき、護衛任務をつとめてきた。緊張はゆるんでいないが、心は退屈しきっている。

「ちっ」ジョウは小さく肩をすくめた。

「学者の好奇心はわかっていたが、身内のほうは予想外だ」

「えへっ」

アルフィンは小首をかしげ、赤い舌をちろりとだした。金髪碧眼《きんぱつへきがん》の美少女。まるでモデルかムービースターのような愛らしさだが、これでもれっきとしたクラッシャーである。

「じゃあ、護衛はよろしく」

ディーラーが船尾めざして歩きはじめた。

「まかせてください」

その背後に、アルフィンがつづいた。

5

「…………」

無言で首を横に振り、ジョウはふたりのあとを追った。

この状況では、もう何があっても行くしかない。

この仕事は、アラミス経由で入ってきた。

先史文明探査チームの最高責任者を護衛してほしい。

クラッシャー評議会による指名任務である。

依頼主は銀河連合だった。

クラッシャー評議会は、全クラッシャーを統括する最高決定機関だ。そこから指名されたとなれば、スケジュールがあいている限り依頼を断ることはできない。

ディーラーは、惑星マルガラスにいた。その表面のあらかたが海で覆われている海洋惑星だ。行政を司《つかさど》る国の名はシェオール。政府軍と反政府軍との間で内戦がつづき、ひどく危険な状態にあることは銀河系内でもよく知られている。渡航制限が厳しく、一般観光客はいっさい立ち入ることができない。業務目的であっても、繁雑な入国許可申請が要る。身の安全は、もちろん保証されない。

そのマルガラスに海底遺跡調査船〈ベセルダ〉を送りこみ、銀河連合が先史文明の探査をはじめた。

連合宇宙軍の軍人が介入するのを嫌ったシェオールの政府軍が、護衛を買ってでた。だが、銀河連合は政府首脳の言も軍人も信用しなかった。護衛の申し出は受けたが、それとはべつに、ディーラーひとりのためにクラッシャーを雇った。シェオールは〈ベセルダ〉とプロジェクトを守る。クラッシャーはディーラーを守る。

アッパーデッキを早足で抜けて、船尾にでた。

船尾には小型の動力炉と、ガントリークレーンがあった。ガントリークレーンは無事だ。土台の一部に破損も見られるが、たいした被害ではない。

動力炉は、その装置全体がドーム状の軽合金の壁に覆われている。

その壁に、ギグが一体、みごとに突き刺さっていた。

黒いボディが、鈍い輝きを放っている。壁に突っこんでいるのは、いわゆる頭部だ。腕としての機能を持つ前ビレ《フィン》と、だらりと垂れさがった尾ビレが見える。

「潜水艦じゃないのね」

アルフィンが言った。

「パワードスーツだ」ジョウが応えた。

「パイロットがドルフィンキックで泳ぐ。その力が何十倍にも増幅され、尾ビレに伝わる。体表面には水流ジェットのノズルも存在しているが、それはあくまでも補助推進装置だ。そういう意味では、起動歩兵が着ている陸上戦闘用のパワードスーツと、なんら変わりはない」

「テオ！」

ディーラーが、ひとりの男の名を呼んだ。〈ベセルダ〉の船長、テオ・ロンだ。被害状況を視認するため、船橋から降りてきたところらしい。〈ベセルダ〉は銀河連合が保有する海洋遺跡調査船で、船長も銀河連合付属先史文明探査研究所の職員である。

「チーフ！」テオは振り返り、ディーラーを見た。

「何しにきたんです。ここはしばらく封鎖します」

「そうはいかない」ディーラーは首を横に振った。

「こっちは動力を断たれて作業できなくなってるんだ。責任者として、復旧状態を確認する必要がある」

「飛びこんできたギグを見たいだけなのでは？」

「それも……少しはある」

「それだけですね」

「ちっ」

ディーラーは舌打ちし、苦笑を浮かべて両手を左右に広げた。

「クレーンが無事だったので、いまからギグをアッパーデッキに降ろします」テオは言葉をつづけた。

「とりあえず、安全を確認するまでそこから動かないようにしてください」

ジョウとアルフィンに視線を向けた。

「了解」

ジョウが、ディーラーの前に立った。背後には、アルフィンがつく。

ギグを軽合金の壁から引き抜く作業がはじまった。

ボディにベルトがかけられ、クレーンで、それを引く。慎重な作業だ。パルスレーザー砲といった火器だけでなく、ギグはミサイルも装備している。衝撃が加わった場合は、何が起きるかわからない。最悪、暴発などの不測の事態も考えられる。

一時間後。

ギグが無事に壁から引きずりだされた。

クレーンに吊りさげられ、黒光りするギグが宙に浮かんでいる。動力炉の修理班が、壁にあいた穴から装置の中に入った。

ギグはゆっくりとアッパーデッキの上に降ろされた。

ベルトがゆるみ、流線型のボディがごろりと転がる。

「もういいだろ？」

ギグのすぐ脇に立って作業の指示をだしているテオに向かい、ディーラーが言った。

「何がです？」

テオがディーラーを見る。

「そっちへ行きたいんだ。ジョウとアルフィンに足止めは解除だと言ってくれ」

プロジェクトの最高責任者といえども、船の上では船長の命令に従わなくてはならない。

「わかりました」テオは小さくうなずいた。

「クラッシャーを信じましょう」

許可がでた。

ディーラーがアッパーデッキ上に横たわるギグの前に進み、テオの横に並んだ。

いつでもカバーできるよう、ジョウとアルフィンがディーラーの背後に控えて身構えている。

「ロックを外して、ギグのボディをひらきます」

ディーラーが言った。

武装した兵士がふたり、ギグに近づいて、その表面を探った。

鈍い破裂音が響いた。

ギグの上部装甲が大きく跳ねあがった。

液体が流れでる。海水だ。コクピットの内部が、海水で満たされていた。

海水がすべて排出されたのを確認して、ふたりの兵士がボディの脇にステップを置き、その上に載った。

コクピットの中を覗きこむ。

驚きの表情が、ふたりの顔に浮かんだ。互いに顔を見合わせ、それからテオとディーラーを見た。

「女です」ひとりの兵士が言った。

「パイロットは」

医務室が封鎖された。

ギグのパイロットが運びこまれた直後だ。

予期せぬ迷惑な闖入者とはいえ、負傷しているのならば、中立的な立場として救命処置をおこなわなくてはいけない。

ギグにはシェオールの紋章が小さく描かれていた。政府軍の傭兵である。

治療がはじまった。医務室に入れるのは、ドクターとナースだけだ。船長も探査プロジェクトの最高責任者も、通路で待機ということになった。

「潜航調査はどうします？」

テオがディーラーに訊いた。

「それどころじゃないね」ディーラーは首を横に振った。

「さっき報告があった。動力の復旧には、半日かかると言っている。きょうの調査は諦めよう。あしたの朝、再開する」

「わかりました。全乗員に、そう伝えます」

テオはうなずき、きびすを返した。

医務室の扉の前には、ディーラーとジョウ、アルフィンだけが残る。

十五分ほど待った。

扉がひらいた。

ドクターがでてきた。長身のドクターだ。白いオールインワンのウェアで全身を覆っている。見た目は、医者というよりも技師だ。メディカルマシンのオペレーターである。

「診断がでました」ディーラーに向かい、ドクターが言った。

「軽い脳震盪《のうしんとう》です。内科的にも外科的にも、異常はいっさいありません。回収時に投与した鎮静剤が切れたら、すぐに意識も戻ります」

「どれくらいで切れる？」

ディーラーが訊いた。

「体質にもよりますが、おそらく三十分以内には」

「そうか」

「それよりも……」

ドクターが言葉をつづけた。

「それよりも？」

「彼女は人間ではありません」

「なに？」

ディーラーの表情が、歪むようにこわばった。

「ＧＭＯです」

「ジーエムオー」

その言葉をディーラーは知っていた。

Genetically Modified Organism。

遺伝子操作によって創造された生命体を意味している。

人工生命。

「馬鹿な」呻《うめ》くようにディーラーは言った。

「人間の遺伝子をベースにしたＧＭＯは銀河憲章で禁止されている。存在するはずがない」

「エラがあります」

「エラ？」

「水中で酸素を得るための呼吸器官です」

「魚なんかが持っているあのすだれみたいなやつか？」

「そうです。両の腋下《えきか》にありました。あとから形成手術などでつくられたものではありません。メディカルマシンによる体構造分析でも、はっきりエラとして認識されています。彼女は、極めてヒューマノイドに近い、人工異種生物です」

「…………」

ディーラーは言葉を失った。

6

「エラがあるってことは、彼女は水の中でもふつうに呼吸ができるのか？」

ジョウが訊いた。口をひらく気はまったくなかったが、あまりの事態に、つい言葉を発してしまった。

「たぶん。ある意味では両生類です。肺呼吸もできますから」

「外観は人間そのものだった」

ディーラーが言う。

「エラの有無以外に顕著な違いはありません。誰がどのようにおこなったのかはわかりませんが、彼女が最高の技術でつくりあげられたＧＭＯであることは明らかです」

「エラを実際に見てみたい。可能か？」

「患者は、ＧＭＯであっても性別は間違いなく女性です。それなりの配慮をしていただけるのなら、許可しましょう」

「もちろん」

ディーラーは大きくうなずいた。

医務室に入った。護衛をつとめるジョウとアルフィンも一緒だ。どういう事情があろうと、ディーラーから離れることはできない。それは、ドクターも承知していた。

ベッドに女性が横たわっていた。首から下が白いシーツで覆われている。

アプサラだ。が、その名を知る者は、ここにはいない。

アプサラは、仰臥していた。長い黒髪が扇状に広がり、肩にかかっている。年齢は判然としない。表情に漂っているのは、明らかにおとなの女の雰囲気だが、その寝顔は少女のそれのようにあどけない。

ディーラーとドクターが、ベッドの脇に近づいた。

ディーラーが、覗きこむようにアプサラの顔を見た。

そのまま動きが止まる。

視線が釘づけになった。

「ギグに乗っていた傭兵だと聞きましたが」ドクターが言った。

「信じられない。まるでモデルか女優です」

腕を伸ばし、ドクターはシーツの端に手をかけた。肩口から、ゆっくりとシーツを持ちあげようとする。

アプサラの目がひらいた。

眠っていたはずだった。しかし、そうではなかった。

かっとひらいた。

つぎの瞬間。

上体を起こした。

アプサラが跳ね起きる。

右手を突きだした。指先がディーラーを狙う。その瞳を、まっすぐに貫こうとする。

「やめろ」

アプサラの額に、レイガンの銃口が突きつけられた。

アプサラの動きが止まった。ジョウがディーラーとドクターとの間に割って入っていた。レイガンは、その手に握られている。

「待て待て待て」

ディーラーがうろたえた。こんなことになるとは毫《ごう》も思っていなかった。

「殺気立つな。みんな落ち着け」

両手を広げ、ジョウとアプサラ、双方を牽制する。

「…………」

しばし、睨《にら》み合いがつづいた。アプサラは引かない。ジョウも人差指をトリガーボタンに置いたままだ。

「きみ！」ディーラーが視線をアプサラに向けた。

「きみはいま、自分がどこにいるか、わかってるのか？」

「…………」

ディーラーの問いかけに、アプサラは答えない。ジョウひとりを見据え、ディーラーとは目を合わせようともしない。

「〈ベセルダ〉の船内だ」ディーラーは、言葉をつづけた。「知っているだろう？　先史文明遺跡の調査船だ。きみたちの戦闘に巻きこまれた船だ。そのアッパーデッキに、きみのギグが飛びこんできた」

「…………」

「ギグから回収したとき、きみは意識を失っていた。だから、治療するために船内に運び入れた。ここは〈ベセルダ〉の医務室だ。きみを害する気はまったくない。逆だ。きみを助けようとしていたんだ」

「…………」

さらに、数秒の間があった。

ゆっくりと、アプサラの右手が下に降りた。シーツがずり落ち、裸の胸があらわになっている。だが、それを隠そうとはしない。

ジョウはアプサラの額からレイガンの銃口を外した。

すかさず、アルフィンが前にでた。ベッドの反対側にまわりこみ、シーツでアプサラの上半身を覆った。アプサラは何もしない。アルフィンは、シーツの端をまとめ、アプサラの背中で結んだ。

ジョウがホルスターをレイガンに納める。

ふう、とディーラーが息を吐いた。

「かれと彼女は、ぼくの護衛だ」ディーラーはジョウとアルフィンを指差した。

「それから、こちらがドクター。ぼくはディーラー。遺跡調査プロジェクトのチーフだ」

「………………」

「あなたは脳震盪を起こして、失神していた」ドクターが言った。

「そこで鎮静剤を注射し、この医務室に運んで検査をおこなった。外傷はない。内臓の損傷も皆無だ。すべてのバイタルは正常で、脳波も安定している。ただ、あなたが覚醒するタイミングを読み誤った」

ノックの音が響いた。

医務室のドアからだ。

誰かがきた。ドクターがうしろを振り返った。

「まだ。誰も入れるな」ディーラーが言った。

「もう少し時間が要る」

「そうはいきません」

ドアがひらいた。

ひらいて、男が入ってきた。

戦闘服を身につけている。

軍人だ。

足音荒く、軍人が医務室の中へと進んできた。

その背後には、三人の下級兵士が付き従っている。

「無礼だぞ。バントン少尉」怒りを含んだ声で、ディーラーが言った。

「わたしもドクターも、ロックを解除する許可をきみには与えていない」

「緊急事態です」低い声で、バントンは応じた。

「許諾請求を免除される状況になっています」

「そんな状況は存在しない」

「そちらになくても、こちらにはあります。総司令部から命令が届きました」

威圧するかのように、バントンはさらに前にでた。巨漢だ。身長が高く、横幅も広い。常識外れの大食漢で、いつも何かを食べていると噂されている。

「シェオールの武官は、本船内においては、なんの権限も持たない」ディーラーは言葉を返した。

「単なるオブザーバーだ。控えていてほしい」

「協定でも、緊急事態は例外事項になっています。これは、それに該当しています」

「勝手な言い分だ」

「政府軍の傭兵が軍令を破ったのです。この件は、銀河連合から重大な協定違反と受け取られかねない。シェオールは協定を遵守《じゅんしゅ》する。そのことを示すためにも、我が軍は当該傭兵との契約を即刻解除し、その身柄を拘束して軍法会議にかける必要があります。猶予はありません。明らかな緊急事態です」

「協定違反というのは、さっきの戦闘のことか？」

ディーラーは訊いた。

「そうです」

「それは違うと思う」

「意味がわかりません」

バントンはゆっくりと首を横に振った。

「たしかにオズマとシェオールのギグ二体が、本船の近くで戦闘をおこなった。状況から見て、二体が中立地帯に入りこんでいた可能性は高い。高いが、両者の対応はまったく異なっていた。オズマのギグは本船の存在を無視して攻撃を仕掛けた。シェオールのギグは、その攻撃から本船を守ろうとした。その結果が、これだ」

ディーラーは、アプサラを手で示した。

「オズマの攻撃を浴びた彼女のギグが本船に激突し、彼女は意識を失ってここに運びこまれた。だが、そのおかげで、本船は被弾を免れた。いまわれわれが無事でいられるのは、彼女の的確な判断のおかげだ。それは、ここにいるふたりのクラッシャーも知っている。彼女に関しては、協定違反などありえない。むしろ、その犠牲的な行動に対し、プロジェクトの責任者として、感謝を表したいくらいだ」

「お言葉ですが」バントンの双眸が、すうっと細くなった。

「それは調査官閣下の私見としてうかがっておきます」

「どういうことだ？」

「これは軍内部の問題です。検証も、その後の処置も、すべて軍司令部がおこないます」

「それを認めることはできない」

「しかし」

「やめておきなさい」

凜と、声が響いた。透きとおった、女性の声だった。

アプサラだ。

アプサラが声を発した。

第二章　ヤコブの梯子

1

ディーラーとバントンが、同時に顔をめぐらせた。

「なぜ、あたしに関わろうとするの？」アプサラは言う。

「それは危険なこと。やってはいけない」

「何が危険なんだ？」

「あたしがいたら、この船が襲われるわ」

「まさか」

「シェオールをなめないで。内戦が起きて当然ってことを、うんざりするほどしてきた国よ。あたしたちは、そのことをよく知っている」

「傭兵が見聞した事実は、いっさい口外してはならないという契約になっているはずだ」

ジョウが口をはさんだ。

「そうよ」アプサラは小さくあごを引いた。

「でも、満了前に契約を解除され、残金の支払いがおこなわれていない傭兵を信じる雇用主はいない」

「契約を中途解除された傭兵はイコール雇用主の敵になるっていうわけか」

「何があっても消したい存在。そうなんでしょ？」

アプサラはバントンに視線を向けた。

「…………」

シェオールの少尉は、その問いに答えない。

「海上での遭難事故は珍しいことじゃない」アプサラは、ディーラーに向き直った。

「マルガラスでは、ごくふつうに起きてること。事故で船が沈んでも、シェオールは責任を負わない。理解できたのなら、あたしを軍に渡しなさい」

「…………」

「早く！」

「ふむ」ディーラーは小さく鼻を鳴らした。

「事情は、わかった」

いま一度、体をめぐらした。今度はバントンに顔を向けた。

「少尉」

「なんでしょう」

「調査補助員を追加採用することにした」

「え？」

「彼女を雇う」

ディーラーはアプサラを指差した。

「アプサラを？」

「アプサラというのか。いい名前だ」

ディーラーは口もとに微笑を浮かべた。

「調査官閣下！」バントンの声が高くなった。

「自分が何を言っているのか、理解されているのですか？」

「もちろんだ。シェオールが契約を破棄したのなら、彼女はフリーだ。銀河連合が調査の海中作業要員として雇うことができる。ぼくには、その権限がある」

「非常識だ。ありえない」

「そんなことはないさ」ディーラーは、かぶりを振った。

「これは合法的な処置だ。ぼくたちは傭兵でもクラッシャーでも、自由に雇用できる。

当然のことだが、現地採用の臨時職員であっても、彼女は銀河連合が正式に採用したことになる。軍の介入は許されない。彼女の身に不測の事態が起きたら、連合宇宙軍が動く。協定で、そのように定められている」

「待って」アプサラが言った。

「そんな仕事、あたしは受けない」

「あすから深海調査に入る。アプサラ。きみときみのギグは渡りに船だ。本船に搭載している深海調査艇だけでは機動力が足りない。どうしたものかと悩んでいたところだ。ぜひ調査を手伝ってほしい。真剣にお願いする」

「あたしは傭兵よ。学者じゃない」

「ここにいるジョウとアルフィンは、ぼくのボディガードだ。むろん、学者じゃない。しかし、この調査には、絶対に必要なメンバーだ。きみも、そうなる」

「調査官閣下」バントンが言った。

「政府軍の傭兵は解雇されていてもオズマの標的になる。後悔することになりますぞ」

「オズマだけの標的かい？」

「………」

「話はここまでだ」ディーラーは言葉をつづけた。

「持ち場に戻ってくれないかな、少尉。こちらのレディは、あすまでしっかりと休息をとられる。服装も、あらためていただく必要がある。もちろん、調査チームの制服だ。

――アルフィン」

「なんでしょう？」

「しばらく彼女の世話をしてくれないか。落ち着いて休むことができるようになるまでだ」

「…………」

アルフィンはジョウを見た。警護対象者の要望とはいえ、その希望に応えるためにはチームリーダーの許可が要る。

ジョウは小さくうなずいた。

「承知しました」ディーラーに向かい、アルフィンが言った。

「ここに残ります」

「考えられないことです」うなるように、バントンが言った。

「何が起きても、シェオールは傍観します」

「望むところだ」ディーラーは、肩をそびやかした。

「最初から、そうしてほしかったよ」

「…………」

バントンの表情がはっきりとこわばった。

「失礼」

きびすを返し、ディーラーに背を向けた。

三人の兵士とともに、医務室からでていく。

「少尉が正しいわ」低い声で、アプサラがつぶやいた。

「本当に非常識」


夜になった。

ディーラーは自室にこもっていた。

あわただしい一日が、まもなく終わろうとしている。三十分ほど前に、動力炉が復活した。アッパーデッキの修理も完了した。深海調査再開の準備は、おおむねととのった。

椅子に腰を置き、デスクに組みこまれたネットワーク端末を、ディーラーは操作している。スクリーンに調査チームの現状報告がつぎつぎと映しだされる。複数の部署からいっせいに届く文書と映像だ。ディーラーはそれらの報告書をマルチ画面で瞬時に読みとり、内容を把握して、返事を送り返す。

「大丈夫だな」低い声で、ディーラーが言った。

「潜水艇での調査を、あす早朝からはじめる」

「段取りに変更は？」

ジョウが訊いた。ジョウはディーラーが就寝するまで、この部屋で待機する。自分の部屋は、通路をはさんで向かい側だ。ディーラーが寝ている間は、その部屋でアルフィンと交替で休む。そういう生活が、もう十日ほどつづいている。

「まったくない」ディーラーは答えた。

「〈セドナ〉にぼくとジョウが乗る。アルフィンは〈ベセルダ〉で非常時に備える。そして……アプサラもギグで潜る」

「アプサラも？」

「そうだ。〈セドナ〉は五千から七千メートルの海底に潜る。一般的に、ギグの最大潜航深度はせいぜい三千メートル程度しかない。通常は同行不可能だ。しかし、アプサラのギグは違う。構造を見て、わかった。あれは彼女専用のギグだ。内部に海水を導入し、内外の圧力を完全に合致させている」

「エラがなくては乗れない代物か」

「あのギグならば、一万メートルでも大丈夫なんじゃないかな。ま、ほかにもいろいろ解決しなくてはいけない問題があると思うから、そこまで行けるかどうかはわからないが」

「アプサラに何を期待しているんだ？」

「きみがいない場所でのぼくの護衛と、より自由度の高い調査――ってとこだな」

「…………」

「〈セドナ〉はすぐれた潜水艇だが、それでも、身につけたスーツのようには動かせない。海底の割れ目など、入っていけないところも、たくさんある」

「傭兵に、調査の手伝いをさせるのか？」

「残念だが、われわれにはあまり時間がない」ディーラーは首を横に振った。

「第三次調査の期限は協定による制限もあって、ここの暦でわずかに二か月だ。正直、余裕がない。そもそもこの海域にくるだけで十日も使ってしまった」

ジョウのもとに仕事の打診があったのは、銀河標準時間で三週間ほど前のことだった。直接の依頼ではなく、クラッシャーの星、アラミスを経由しての要請である。依頼主は銀河連合だ。

銀河連合と聞いて、ジョウは眉をひそめた。

クラッシャーは宇宙のなんでも屋だ。違法行為以外の仕事で、謝礼金に不足がなければ、どんな要望にも応える。

二一二〇年ごろ、宇宙開発の黎明期にクラッシャーは惑星改造のスペシャリストとして生まれた。もともとはならず者と大差ない荒くれスペースマンの集団だったが、三十年の歳月を経て規律を重んじる職能グループとなり、いまでは惑星アラミスを拠点に、銀河の一大勢力としてさまざまな仕事に従事している。

ＶＩＰの護衛、機材や危険物の輸送、処理といったパーソナルなものから、浮遊宇宙塵塊の除去、惑星改造などの大規模工事まで、非合法でなければなんでもやる。もちろん、クラッシャーはそれらの仕事を完璧にやりとげるための訓練も十分に受けている。

特別誂《あつら》えの宇宙船、機械、武器を使いこなし、通信、戦闘、探索その他の知識、能力を備えた宇宙のエリートだ。

そのクラッシャーに、銀河連合から仕事の依頼がきた。

いまはむかしのこととはいえ、まだならず者時代のイメージが完全に払拭できていないクラッシャーにとって、これは極めて名誉な話である。

しかし、ジョウは違った。

2

ジョウは何度も銀河連合から依頼された仕事を受けている。

そのたびに、さんざんな目に遭った。凶悪犯罪者として、指名手配されたことすらある。幸いにも疑いを晴らすことができたが、そうでなかったら、連合宇宙軍に攻撃され、星間の塵と化していた。

だが、ジョウはその依頼を断ることができなかった。アラミス経由ということは、銀河連合からのクラッシャー派遣要請に対し、クラッシャー評議会がジョウを最適任者として推薦したということである。クラッシャー評議会は、銀河系の全クラッシャーを統括する最高意志決定機関だ。ここからまわってくる斡旋《あっせん》は形式上は打診だが、実際は就業命令になる。受けなかったら、必ずなんらかのペナルティが課せられる。

どうしても俺たちじゃないとだめか？　と、ジョウは返信した。

標準時間で二百五十時間以内に山羊座宙域の惑星マルガラスに向かい、衛星軌道上を周回している連合宇宙軍所属の巡洋艦〈ボンネビル〉とコンタクトすべしという回答が戻ってきた。

否も応もない。

すでに決定事項である。最初に届いたのは、打診ではなく仕事の通知であった。

ジョウ、アルフィン、タロス、リッキーの四人は、ただひたすらぼやきながらかれら専用の宇宙船、〈ミネルバ〉でマルガラスへとやってきた。

〈ボンネビル〉で小型の潜水艇を渡された。アラミスから移送されたものだった。これを積んで下に降り、海底遺跡調査船〈ベセルダ〉に乗って、プロジェクトリーダーのディーラーを護衛してもらいたい。そう言われた。

降りるといっても、〈ベセルダ〉に乗船するのはふたりだ。あとのふたりは〈ミネルバ〉に残り、衛星軌道上からサポートをする。

任務完遂のためのプランが組み立てられた。

ジョウとアルフィンが船に乗ることになった。兄貴についていきたいとリッキーが主張したが、アルフィンが譲らなかった。

小さな島の一角に、港があった。ゴナラダ島のラットン軍港だ。〈ベセルダ〉は、そこに繋留《けいりゅう》されていた。港近くに設けられた宇宙港に〈ミネルバ〉を着陸させ、小型潜水艇とジョウ、アルフィンを降ろした。ジョウたちが乗り組んだ翌日に、〈ベセルダ〉は出港した。

十日間はめまぐるしく過ぎた。調査地点は、衛星軌道からのリモート・センシングでほぼ決定している。問題は内戦だった。中立地帯以外では調査作業ができない。状況によっては、交渉で調査地点を強引に中立地帯に指定する必要すらあった。ディーラーは睡眠時間を切りつめ、その指揮にあたっていた。

そして、きょう。

ようやく最初の調査地点に到達した。遺跡の存在に関して、もっとも有力視されている場所だ。中立地帯と非中立地帯の境界線上だが、日程が限られている以上、ここからはじめるしかない。

「さまざまな可能性をシミュレーションしてみた」ディーラーが言葉をつづけた。

「もっとも効率よく調査を進めるためには、海底探査をより多く繰り返す必要がある。その回数は当初の予定の数倍だ」

「機材やスタッフの体力がもつのか？」

「ぎりぎりだ」ディーラーは小さく肩をすくめた。「だからこそ、彼女が要る」

「…………」

「あのギグと、アプサラの能力は魅力的だ。深海作業のために存在しているようなコンビだ。違うかね？」

「戦争のための兵器と、そのパイロットなんだが」

「むろん、それも重要だ。ここは中立地帯だが、それは名目上のことにすぎない。実体は、明らかに戦場だ。きょうのようなことは、必ずまた起きる。きょうはきみが、ぼくを守ってくれた。しかし、深海にいるとき、きみがぼくを完璧に守りきるのはむずかしい。いや、むしろ、不可能と考えたほうがいいだろう。きみたちが持ちこんだ潜水艇は、残念ながら能力不足だ。調査地点まで潜ることすらできない」

「それだけか？」

「え？」

「理由は、それだけか？」

ジョウがディーラーを見る。

「まいったな」ディーラーは苦笑した。

「とりあえず、それだけだ。ぼくとしては、そう答えるほかはない」

ノックの音が響いた。

誰かがこの部屋にやってきた。

ジョウが動いた。椅子から立ちあがり、すうっとドアの脇に移動した。腰のホルスターに手を置いている。

「誰だ？」

低い声で、訊いた。

「あたし」アルフィンの声が応えた。

「アプサラを連れてきた」

「アプサラ？」

ジョウの右眉が小さく跳ねた。

「寝てなくていいのか？」

ディーラーが立ちあがった。

「ドクターはためらったのですが、アプサラがどうしてもいますぐ話をしたいと言って」

「そこにいるのは、アルフィンとアプサラだけか？」

ジョウが問う。

「そうよ」

ジョウがディーラーに視線を向けた。ディーラーはうなずいた。

ジョウがドアのロックを解除した。ドアがひらいた。

アプサラが船室に入ってきた。アルフィンよりも先だ。船内作業用のオールインワンに着替えている。光沢のある銀色の生地で、からだのラインがはっきりとでている。細身で、四肢がすらりと長い。

アプサラの背後に、アルフィンがつづいた。ドアが閉じる。ロックが再びオンになった。

「驚いたよ」アプサラの前に立ち、ディーラーが言った。

「まさか、この時間にここにくるとは思っていなかった」

「朝まで待っていられない」アプサラは、首を横に振った。

「こんな馬鹿なことは、早くやめさせないといけない」

「馬鹿なこと？」

「非常識だと言ったでしょ。あたしを調査プロジェクトのスタッフに加えるなんて」

「この船は完全中立だ。きみと政府軍の間の契約が破棄された以上、ぼくがきみをスタ

ッフとして採用することについて、法律的な障害はひとつもない」

「法律？」アプサラが冷ややかに笑った。

「あなた、何もわかっていないのね」

「どういう意味だ？」

「障害しかないのよ」

「口をはさんでもいいか？」

ジョウが言った。

「もちろんだ」

ディーラーがうなずいた。

「契約とか、そんなことはべつにして、俺は、この船があの戦闘に巻きこまれたことが気になっている」

「…………」

「あれは不自然な戦闘だ」ジョウは言葉をつづけた。

「銀色のギグが黒いギグを挑発し、わざとこの船を戦闘に巻きこんだ。そんな印象を受けた」

「なんのために、そんなマネを」

ディーラーが言った。

「わからない。それに関しては、むしろアプサラに訊きたい」

ジョウはかぶりを振り、アプサラを見た。

「あなたね。クラッシャーって」

アプサラが言った。ディーラーがバントンに向かってそう言っていた。クラッシャーはクラッシュジャケットを着ている。クラッシャーの制服のような万能スーツだ。見るものが見れば、一目で素性がわかる。

「チームリーダーのジョウだ。こっちは航宙士《ナビゲーター》のアルフィン」

「クラッシャージョウ。名前は耳にしたことがあるわ」

「そいつは光栄だ」

「若いけど、噂どおりって感じね」アプサラは言葉をつづけた。

「その指摘は、すごく鋭い」

「…………」

「銀色のギグはシルバーバック。パイロットはペグパウラ。オズマ傭兵機動部隊のエースよ」

「戦闘は、ギフトの奪い合いだった」

「そう。でも、ペグパウラはギフトには見向きもしなかった。部下を引き連れ、まっすぐにあたしひとりを狙ってきた」

「個人的な恨みでも、きみにあったのか？」

ディーラーが訊いた。

「恨みなら、双方にいくらでもあるわ。戦争をしているのだから。でも、それは作戦上での恨み。個人的なものではない」

「にもかかわらず、ペグパウラは任務を無視して、きみに攻撃を仕掛けてきたのか？」

「もしくは、任務として、アプサラを標的とした」

ジョウが言った。

「シェオールに協定破りをさせたかったのかしら？」

アルフィンが言う。

「さっきも言ったように、それはわからない。だが、この一件には明らかに裏がある。俺たちとアプサラは、それに巻きこまれた」

「アプサラも？」

「そうじゃないかな」

ジョウの双眸が、アプサラをまっすぐに見据えた。

「あたしはただの一傭兵よ」アプサラは薄く微笑んだ。「両勢力の上の連中が何を考えているかなんて、何も知らない。でも、今回の戦闘が不自然だったことは認めるわ」

「上の連中といえば」ディーラーが口をはさんだ。

「バントン少尉の反応をぼくは異様に感じた。契約解除された傭兵を信用しないというのはありうることだが、それにしても、かれはムキになりすぎていた」

「司令部からの命令だと言っていたが」

「シェオールの司令部が、われわれに対してあんな命令をだすとは、考えられない」ジョウの言をディーラーは否定した。

「本当に命令があったのか、少尉が自身の判断でああいった行動にでたのか。——真相を知る手段はどこにもない。だから、ぼくはシェオールの要請を拒否する。かれらにアプサラを渡すつもりはない」

「連合宇宙軍の後ろ楯をあてにしすぎると痛い目に遭うわよ」

ディーラーに向かい、アプサラが言った。

「それでも、ぼくはきみを雇う」

「…………」

アプサラは口をつぐんだ。

しばし、沈黙の時が流れた。

ややあって、言った。

「わかったわ」低い声で、アプサラは言った。

「何が起きるのか、あなたに従って、それを見届けることにする」

「調査隊のスタッフ契約書だ」スクリーンに文書が表示された。

「読んで、異存がなければ署名してくれ」

スタイラスペンを、ディーラーはアプサラに渡した。

3

「退屈。退屈だ。退屈だ」

リッキーが言った。動力コントロールボックスのシートに腰を置き、大きなあくびをしている。

「しゃきっとしろ」

首をめぐらし、タロスがリッキーを睨みつけた。顔じゅう傷だらけの大男だ。フランケンシュタインの怪物そっくりの風貌である。〈ミネルバ〉の主操縦席に、その巨体を押しこめている。

「しゃきっ」

リッキーの丸い目が、さらに丸くなった。大きく見ひらかれ、表情も引き締まった。が、それも一瞬だった。すぐにまぶたが落ち、リッキーはへなへなとコンソールに突っ伏した。

「口だけか！」

タロスが怒鳴る。

「だって、俺《おい》ら生身の人間だぜ。タロスとは違うんだ。少しは寝ないとやってらんないよ」

だれきった口調で、リッキーは応じた。

ふたりがいるのはマルガラスの衛星軌道だ。宇宙船〈ミネルバ〉の操縦室である。

ジョウとアルフィンを潜水艇とともにゴナラダ島に降ろし、〈ミネルバ〉は衛星軌道に戻って地表の監視態勢に入った。

それからマルガラスの暦で丸十日。ほぼ不眠不休で、タロスとリッキーは航行する〈ベセルダ〉を追跡し、周囲の状況を余すことなく注視してきた。飛行しているのは静止軌道ではないが、自動操船で〈ミネルバ〉の位置は常に〈ベセルダ〉の真上に固定されている。

十六時間前、はじめての異常事態が〈ベセルダ〉に生じた。

シェオールとオズマの戦闘に〈ベセルダ〉が巻きこまれたのだ。

ギフトの落下は、〈ミネルバ〉のレーダーに映っていた。気流に流され、中立地帯に向かって落ちていく航跡をタロスは鋭い目で追った。大丈夫だ。落下予測地点は、〈ベセルダ〉からは十キロ単位で離れている。

　と思ったとき。

　警報が操縦室内にけたたましく鳴り響いた。

　海中に複数の熱源がいる。移動速度、機動性から判断して、水中用機動装甲体《ギグ》であると推測される。

「なんだと！」

　スクリーンに表示された情報を読んで、タロスは頬をひきつらせた。何体かのギグが、ギフトを無視して中立地帯に接近している。しかも、戦闘をおこなっている。熱源解析で、それがわかる。ビームやミサイルが海中を飛び交っている。

　上空から、何かできるか？

　できない。〈ベセルダ〉とギグの距離が近すぎる。いや、その前に、〈ミネルバ〉による衛星軌道上からの火器攻撃が許されていない。銀河連合から依頼されたディーラーの護衛といえども、越権行為になる。それができるのは連合宇宙軍の戦闘宇宙艦だけだ。

「どうすんだい？」

　リッキーがタロスに訊いた。

「下から要請がない」うなるようにタロスが答えた。

「降りることもできん」

ぎりっと歯嚙みをする。

ストレスの溜まる十数分が過ぎた。映像を最大限にズームさせても、さすがに細部までは見てとれない。しかし、ギグが一体、〈ベセルダ〉に突っこんだことははっきりとわかった。

「大丈夫なのかよ、おい」

たまらずリッキーが動力コントロールボックスのシートから飛びだしてきて、副操縦席にすわった。

「てめえ、こら。持ち場を離れるな」

タロスが吼《ほ》えるように言う。

リッキーは十五歳。タロスは五十二歳。

恐ろしく年齢差のあるアンバランスなクルーだ。体格も対照的で、身長二メートルオーバーのタロスに対して、リッキーは百四十センチ余り。〈ミネルバ〉の機関士は、同世代の平均よりもかなり小さい。

そのアンバランスなふたりが、〈ミネルバ〉の操縦室で対等に罵り合っている。

「じっとなんか、してられっか」

リッキーが言い返した。

「船は無事だ」

スクリーンに視線を据え、タロスが言った。

「ギグが銀河連合の調査船を襲うなんて」

「ちょっと違うな」リッキーの言に、タロスは首を横に振った。

「いま映像を解析してみた。熱源の動きを見る限り、突っこんだギグは船を攻撃したんじゃない。ミサイルの爆風に吹き飛ばされてアッパーデッキに落ちたって感じだ」

「じゃあ、被害は」

「軽い。〈ベセルダ〉はちゃんと海上に浮かんでいる。救難メッセージもだしていない」

「ジョウから連絡は？」

「ねえよ」タロスは肩をそびやかした。

「こんなことがあったんじゃ、まだそれどころじゃないはずだ。いまごろはジョウもアルフィンも、ディーラーにぴっとりと張りついている」

「じゃあ」

「黙って待つしかねえってことさ」

タロスはシートの背もたれをリクライニングさせ、コンソールの上に両足を投げだした。腕を首のうしろにまわす。

「なんだよお」

拳を握り、リッキーはアームレストを殴った。

それから十六時間。

ふたりは操縦室で待機しつづけた。リッキーは室内をぐるぐると歩きまわり、えんえんと悪態をついていたが、それも五時間くらいが限度だった。最後は動力コントロールボックスのシートに戻ってほとんど動かなくなった。

「眠いんなら船室で寝ろ」タロスが言った。

「俺はかまわない。ドンゴがいれば十分だ。というか、あいつのほうが役に立つ」

「キャハ、ソウデスネ。ソレハ当然デス」

甲高い声が響いた。空間表示立体スクリーンのブースからだった。シートを収納し、そこに一体のロボットがおさまっている。ドンゴだ。響いたのは、ドンゴの声だった。

ドンゴの首がすうっと伸びた。細長い円筒形のボディの上に横倒しにした楕円球体の頭が載っている。頭の正面には、顔の造作に似せた配置でレンズや端子といったパーツがはめこまれている。

「ドウゾ気ノスムマデ、ユックリトオ休ミクダサイ。キャハ」

リッキーに向かい、言った。

「すっげー不快」コンソールに突っ伏しているリッキーの頬が、ぴくぴくとひきつった。

「そんな扱いされて、はいはいと寝ちまうやつなんか、いねーよ」

「だったら、起きてろ」

にっと笑って、タロスが言った。

「起きてるさ」

「しかし、たしかにやることがねえな」

タロスはメインスクリーンに向き直った。

下界は夜だ。〈ベセルダ〉は漆黒の海に浮かんでいる。いまスクリーンに映っている
のは、その超高感度映像である。

「タロスぅ」

リッキーが言った。

「なんだ？」

「俺らたちが護衛しているディーラーって、この星の古代遺跡を調べているんだよね」

「ああ」

「どんな遺跡なんだい？」

「てめえ、銀河連合から届いたデータに目を通してないのか？」

「読んだ」リッキーは上体を起こし、おもてをあげた。

「読んだけど、意味がわかんなかった」

「おまえなら、そうだな」

「一瞬で納得するなよ」

「まあいい」タロスはリッキーの抗議を無視した。

「俺が特別に解説してやる」

「恩着せがましいなあ」

「がましいんじゃねえ。恩を着せてるんだ」

「やっぱり」

「こいつを見ろ」

タロスがメインスクリーンの隅に、あらたな映像を入れた。

明るい蒼空の下に、瓦礫《がれき》の塊のようなものが映っている。

「マルガラスの島だ。ドモスタとかいったな。マルガラスに陸地はほとんどない。小さな島ならそこそこあるが、どれもこれも、直径一キロ以下だ。人が住めるだけの面積のある島は二十に満たない。ドモスタは、そのひとつだ」

「……………」

「マルガラスは筋のいい惑星だった。テラフォーミングは最少のレベルで十分だった。その改造作業の途中で、この遺跡が見つかった」

人類が新世界を求めて地球を旅立ち、銀河系全域に進出を開始したのは二一一一年のことである。ちょうど五十年前のことだ。

その年、ワープ機関が完成した。人類はついに星間航行を阻《はば》んでいた距離と時間の壁を克服したのだ。

集団植民がはじまった。人類は危機に瀕《ひん》していた。急激な人口増加で太陽系はすでに飽和状態にあり、滅亡寸前にまで追いつめられていた。

しかし、いっさいの改造なしに人類が植民できる惑星はけっして多くなかった。発見されたほとんどの惑星が、なんらかのテラフォーミングを必要とした。そのテラフォーミングを請け負ったのが、初期のクラッシャーだ。

マルガラスは、二十二年前に発見された。陸地の少ない、海の惑星だったが、大気組成は人類の居住に適していた。海水成分も、テラのそれと大差なかった。テラフォーミングは植民と並行しておこなわれた。その作業の大部分が海底都市の建設だった。

まず都市建設のための基地がドモスタ島に設けられた。そのときである。地中から遺跡が見つかったのは。

当然、大騒ぎになった。人類以前の知的高等生命体の存在を示す痕跡の発見は、銀河連合の最重要課題のひとつとなっている。宇宙は人類だけのものなのか否か、誰もが、そのことを知りたがっていた。

4

「すぐに大調査団がマルガラスに送りこまれ、島という島が徹底的に調査された」タロスが言葉をつづけた。

「しかし、遺跡があったのはドモスタ島だけだった。他の島には何も存在しなかった」

「この映像が、その遺跡ってことかい？」

身を起こして、リッキーが訊いた。

「そうだ。使われている合金、建物の一部とおぼしき構造体。とてつもない文明が、かつてここにあった。そのレベルはおそらくいまの人類よりも上だ」

「それって、すげーことじゃん」

「結局、テラフォーミングが再開され、植民は予定どおりにおこなわれた。ドモスタ島だけが銀河連合の管理地区となった」

「内戦は三年前からだっけ」

「マルガラスは植民開始後十年で地球連邦から独立した。海底都市の集合体という極めて珍しい惑星国家だった。だが、そいつが災いしたんだな。都市ごとに分かれた自治組織が互いに我を張り、やがて、それは政府軍と反政府軍となって激しく対立しはじめた」

「中央政府がうまく機能しなかったんだね」

「ほお」タロスが首をめぐらし、リッキーを見た。

「リッキー様とは思えぬ立派なご発言だ」

「うっせえやい！」

吠えるリッキーを尻目にタロスはへっと笑い、コンソールの上で指を走らせた。

「内戦は、予想外の事態を引き起こした」

映像が変わった。海中の光景だ。正面に崖のようなものが映っている。

「海底都市は水深百から二百メートルといった比較的浅い場所につくられた。マルガラスは地殻変動がほとんどなく、火山もひじょうに少ない。海底が浅いところなら、どこにでも大規模な都市を建造できる。これまでに完成した海底都市は全部で千二百四十二か所だ。一か所の人口は平均で二万人ちょっと。三千万人近い人間が、海の中のどこかに住んでいる」

「植民惑星の人口としては、かなり下にランクされてるね。惑星まるまるひとつで三千万人しかいないんだから」

「そのかわり、居住地域の人口密度はべら棒に高い」

映像が崖に向かってズームした。洞窟がある。崖の壁に丸い穴があいている。

「これは？」

リッキーがスクリーンを指差した。

「こいつも遺跡だ。あらたに見つかったやつ。水深五千百三十メートルの深海底にあった」

「深いなあ」

「内戦で、民間人が乗っていた潜水客船が誤爆を受けて沈んだ。その救助を担当した銀河連合のレスキューチームが、この洞窟を発見した」

「偶然？」

「偶然だ。学術調査をしていたわけではない。沈没した潜水客船を探していて崖の洞窟を見つけ、その内部が人工的な通路になっていることに気がついた」

「また大騒ぎになったの？」

「映像を見てみろ。洞窟の中だ」

タロスは映像をつぎつぎと切り換えた。

「なんか、遺跡って感じじゃない。壁がすべすべしていてすごく新しい感じがする」

「そうだろう」タロスはうなずいた。

「この遺跡はせいぜい十万年前後しか時間が経っていない」

「十万年！」

「宇宙のタイムスケールで言えば、ゼロ同然だ。ついこの前、滅んだばかりの文明だったってことになる」

「超大ニュースだよ」

「銀河連合は即座に動いた。学術調査隊を派遣し、この洞窟を公式に先住知的生命体の遺跡として認定した。それから、内戦に介入した。戦争がつづいていたんじゃ、大規模な遺跡調査団を送りこむなんてことは不可能だ」

「未発見の遺跡が破壊されちゃうってこともありそう」

「その懸念は相当にあった。戦争をしてる連中にしてみたら、遺跡は邪魔者だ。そんなものがあるから銀河連合が介入してくる。好き勝手に暴れることもできない」

「そうか。銀河連合にばれる前に、こっそり壊してしまうってこともあるんだ」

「政府軍と反政府軍、それに銀河連合の三者交渉が二年以上にわたってつづけられた。結果、決まったのが、例の内戦協定だ。連合宇宙軍の艦隊がマルガラスをぐるっと囲んで、シェオール、オズマの双方に譲歩を迫った。文句あるなら、マルガラスをそっくり銀河連合の統治領にしてもいいんだぞと言ってな」

「ひでえ。やりすぎだよ」

「高等知的生命体の遺跡ってのは、人類にとってそれだけの意味を持っているんだ。ましてやその文明が滅んだのがたったの十万年ほど前となったら」

「国家の主権なんか、どーでもよくなるんだね」

「そりゃ、ちょっと言いすぎだな。少なくとも、向こうの顔はそれなりに立てた。これ以上の強引な介入はしない。戦力の行使は、調査隊から救難要請があったときだけってことにした。おかげで、俺たちもここから自由に降下できねえ。応援に行くにも、それなりの手続きが要る」

「ディーラーはその洞窟の調査をするんだろ」

「ああ。とりあえずは、そこからだ。だから、この海域を協定で中立地帯にした。しかし、遺跡がどこにどう存在しているのかは、まだ誰にもわかっていない。状況によっては中立地帯から飛びだすことも十分に考えられる。そのとき、何かが起きる可能性が少なからずある。不可避の突発事故は、免責事項だ」

「それで俺らたちに仕事がまわってきた。でも、名目はディーラー個人の護衛ということで、とりあえずはふたりしか乗船できなかった。俺らとタロスはサポート要員として衛星軌道上での待機は認められたけど、勝手に動くことはできない」

「乗船人数はなんとかなる。だが、ディーラーひとりに四人が張りついても、メリットは何もない。ふたり程度にしてくれと船長が言ってきたのを受け入れ、こういう形にした。もちろん、非常事態が発生したら、俺たちもすぐに船に移動する。契約的には調査隊側に拒否権はない」

「降りたいなあ。さっさと」

リッキーは首のうしろで手を組み、唇をとがらせた。

呼びだし音が鳴った。

「ジョウだ」

タロスが言った。

言うのと同時に、回線をひらいた。

スクリーンにジョウの顔が映る。

「すまん。遅くなった」

開口一番、ジョウが言った。

「待ってたよお！」

リッキーがシートから躍りでて、副操縦席に飛びこんだ。コンソールに這い登ろうかという勢いである。〈ミネルバ〉の船内重力は床面に対して、〇・二G。軽い力で、大きくジャンプできる。

「どうなりました？」

タロスが訊いた。

「どうもこうもない」肩をそびやかし、ジョウが答えた。

「学者ってのは理解できない種族だ」

ジョウは、〈ベセルダ〉で何が起きたのかを話した。ギグがアッパーデッキに落下し、そのパイロットを政府軍の反対を押し切ってディーラーが雇ってしまった。調査はあしたに延期され、それには、そのパイロットも参加するらしい。

「うーん」聞き終えて、タロスはうなった。

「望んだわけではないが、結果として協定を破ってしまったギグのパイロットと雇用契約ですか」

「しかも、そのパイロットは人間じゃない」

「人間じゃねえ？」

「GMOだ」

「！」

「どこかで誰かが法を犯してつくりあげた人工生命体だ」

「とんでもないことになってますなあ」

タロスは他人事のように言った。ベテランクラッシャーのおとぼけポーズだ。内心はまったく他人事ではない。相当に驚いている。

「ジョウはどうすんだい？」

リッキーが問う。

「俺はあくまでもディーラーの護衛だ。それ以上でも以下でもない。どんな状況でも、俺の仕事をする。それだけだ」

「たしかにそうですな」

タロスがうなずいた。

「しかし、仕事を遂行するには、彼女はあまりにも厄介な存在だ」

「彼女？」

「GMOは女性だ。名はアプサラ。いま顔を見せる」

データが送られてきた。アプサラの映像が、スクリーンの端に表示された。上半身の静止画像だ。

「ひゅう」

タロスが口笛を吹いた。

「すげー美人」

リッキーは目を丸くしている。

「頼みがある」

「なんでしょう？」

「アプサラの情報を集めてほしい。わかっていることは少ない。職業は傭兵だ。シェオールのエースだった。年齢は不肖。もちろん、出身惑星も、マルガラスにくる前にどこにいたのかもわからない」

「搭乗しているギグは？」

「自前だ。データはある。あとで送る」

「正体不明の傭兵の身許調査ですな」

「なんとかなるか？」

「なんとかしますよ」タロスは薄く笑った。

「いいタイミングで歯応えのある仕事をいただきました。全力を尽くします」

「頼むぞ」

「まかせてください」

タロスが胸を張った。それで通信が終わった。

スクリーンがブラックアウトした。

「ぼんくら、寝るひまなんぞなくなったぞ」

タロスがリッキーに言う。

「みたいだね」

リッキーが副操縦席にすわり直した。

「まずは銀河連合のデータベースからだ」

あらためて、ハイパーウェーブの回線をひらいた。

5

夜が明けた。

水平線から太陽《シェオール》が顔をだす。燦く光が、海面を黄金色に染める。

太陽系国家は恒星の名を国家の名称とするのが通例となっている。シェオールは十四個の惑星を持つ恒星だ。しかし、マルガラス以外は人類の居住に適さないガス状惑星のため植民がおこなわれておらず、形式としては惑星国家マルガラスとなるはずであった。が、他の惑星の衛星を改造し、移民をおこなう計画があったことにより、太陽系国家として独立した。一種の例外である。とはいえ、内戦で、その計画は頓挫している。実現の見通しは、まったく立っていない。

ディーラーがアッパーデッキにでてきた。その背後にはジョウが付き従い、さらにアルフィンとアプサラもうしろにつづいている。

「いい天気だ」

ディーラーが両手を頭上に挙げ、伸びをした。

アッパーデッキでは、すでに〈セドナ〉の最終点検がはじまっている。まもなくクレーンで右舷船腹に吊りあげられる予定だ。

「ホセ！」

ディーラーが作業員のひとりを呼んだ。

「なんでしょう？　チーフ」

若い作業員が、ディーラーの前に立った。

「ギグはどうなった？」

「修理は完了しています」ディーラーの問いに、ホセは答えた。

「計器シミュレーションでは、まったく問題ありません。実動テストはやってませんが」

「それは、いまから彼女がやる」

ディーラーはアプサラを示した。

アプサラは無表情だ。なんら反応を見せない。

「………………」

「すぐに乗りますか？」

ホセがアプサラに向かって訊いた。

「それは指揮官が決めることでしょ」

アプサラはディーラーを見た。

「乗ってくれ」ディーラーが言った。

「急いで確認してほしい」

「わかった」

アプサラは小さくうなずいた。

ウオーラスは船尾アッパーデッキに置かれていた。

潜水艇を整備するための台車の上に載せられている。

アプサラが台車の上にのぼった。身につけているのは、オールインワンの作業服だ。

このまま搭乗するつもりらしい。

ウオーラスの正面にあるパネルのカバーをあけ、キーを打った。

上部装甲がひらいた。

コクピットに、アプサラがもぐりこむ。

「これを」ホセがディーラーに携帯通信機を渡した。

「彼女と通話できます」

上部装甲が閉じられ、台車の警告灯が赤く灯った。接近禁止である。リミットは三メートル。これ以上近づくと、警報が鳴り響く。

ディーラーは携帯通信機のスイッチを入れた。

「アプサラ、聞こえるか？」

コールした。

「いま、セルフチェックをさせているとこ」アプサラの声が返ってきた。

「もう少し待って」

「了解」

「ひとつ教えてくれ」ホセの耳もとに口を寄せ、ジョウが小声で言った。

「あのギグだが、修理するとき、外部から制御できるようにしたのか？」

「いえ」ホセは首を横に振った。

「チーフから、そういう小細工はするなと言われました」

「やはり、そうか」

ジョウの表情が険しくなった。

ディーラーは無防備すぎる。勘繰れば、アプサラが戦闘を擬装して送りこまれたテロリストという可能性も皆無ではない。また、そうでなかったとしても、ギグを取り戻したのなら、わけのわからない遺跡調査団とのあらたな契約など無視して、逃亡をはかるということもできる。いまの状態で海に入れば、彼女は自由だ。

動力音が響いた。低い、うなるような音だ。アッパーデッキに振動が伝わってくる。

「どうなってる？」

携帯通信機を手に、ディーラーが訊いた。

「問題ないわ」アプサラの答えが返ってきた。

「ここのスタッフ、いい仕事をするわね」

「ギグなんていじるの、はじめてだったんですが」

ホセが言った。

「海に入って、いいかしら？」

アプサラの声が携帯通信機から響く。

「もちろんだ」ディーラーは即答した。

「五分で戻ってきてくれ。こっちも潜水艇を降ろす。その作業でも力を借りたい」

「了解」

動力音が甲高くなった。

フィンがギグのボディから飛びだした。左右に二本だ。

台車をフィンがはさむ。ギグが起きあがった。ふわっと宙に浮く。

大きく跳ねあがり、空中で一回転した。

弧を描き、アッパーデッキを飛び越える。

頭から海にダイブ。激しい音とともに、水しぶきが派手にあがった。

「ほんとに戻ってくるの？」

ジョウに目を向け、アルフィンが言った。

「さあ」

ジョウは首を小さくひねった。

「〈セドナ〉の出番だ」ディーラーが、ホセに言った。

「ぼくとジョウが乗る。すぐに降ろせるか？」

「準備はできています」ホセは答えた。

「いつでも搭乗可能です」

「アルフィン」

ジョウが言った。

「なあに？」

「周囲の状況を教えてくれ」

「レーダーには反応なし」

アルフィンは小さなカードを手にしていた。そこに船橋の観測機器からデータが送りこまれている。

「ソナーは？」

「光点がひとつ。アプサラね。〈ベセルダ〉のまわりを周回中。離脱する気配は皆無って感じ」

「逃亡はしないってことか」

「意外に律儀な性格かも」

ディーラーがきびすを返した。ジョウは、そのあとを追う。

右舷船腹に、最終点検を終えた〈セドナ〉が吊るされていた。紡錘形の船体が、朝日を浴びて白く輝いている。最新型の深海潜水艇だ。

「アプサラ、戻って右舷にきてくれ」

ディーラーが携帯通信機でアプサラを呼んだ。

「浮上するの？　それとも水中待機？」

「どっちでもかまわない。周囲の警戒を頼む。また戦闘に巻きこまれたら困るから」

「了解」

「じゃあ、行くか」ディーラーがジョウを見た。

「最初だから、三時間で切りあげる。調査地点の確認だけだ」

「本当に、俺に操船をまかせるのか？」

「テラフォーミングで深海に潜ること、あるんだろ」

「資格は持っている。経験もある。しかし、テラフォーミングは学術調査じゃない」

「いいさ。ぼくの指示どおり動いてくれれば」

「ベストは尽くす」

「なんでもできる。最高のボディガードだね、クラッシャーは」

軽合金のラダーを渡って、ふたりは〈セドナ〉に乗り移った。上部ハッチから、船内にもぐりこむ。

狭いコクピットに入った。

ジョウが操縦席に着き、ディーラーがナビゲータシートに腰を置く。身動きはほとんどとれない。着席したら、海上に戻るまでこの姿勢だ。

ディーラーは携帯通信機をコンソールパネルに貼りつけた。〈セドナ〉の通信機は〈ベセルダ〉との交信専用だ。

「アプサラ、潜水準備が完了した」

携帯通信機をオンにした。

「そろそろ調査地点を教えてくださらない？」アプサラが言った。

「行先がわからないんじゃ、先まわりしての偵察もできないわ」

「それもそうだ」

「クレーンから離脱する」

ジョウが言った。

重いショックが、〈セドナ〉を揺さぶった。

クレーンから離れ、潜水艇が海面に落ちた。船体が左右に激しく傾く。

揺れはすぐにおさまった。

「潜航開始」

ジョウの指がパネルの上を走った。レバーのたぐいはない。操縦は音声とキー操作でおこなわれる。

「ついてきてるか？　アプサラ」

「ええ」

ディーラーの問いかけに、アプサラが答えた。

「行先は、ヤコブの梯子《はしご》だ」ディーラーは言を継いだ。

「耳にしたことがあるか？」

「深海底にある大地の裂け目ね」アプサラが言った。

「海底の深度が四千二百メートル。裂け目の奥がどこまでつづいているのかは、誰も知らない」

「ふたつめの遺跡は、その裂け目の崖に穿《うが》たれた洞窟の中にあった」

「…………」

「きょうはその裂け目に入る」

6

闇と静寂の世界に、〈セドナ〉がいる。

深度三千メートルを突破した。二条の光芒が、闇を切り裂いている。

「前進速度をいまのレベルで保ってくれ」

ディーラーが言った。

「海底到達は二十分後だ」ジョウが言った。

「すぐうしろにアプサラがついてきている」

「上は平穏だ。きょうは戦闘が起きていない」

「きのうも、そうであってほしかった」

「この星でそれは、贅沢《ぜいたく》な願いになるね」

海底に着いた。

強力な二基のライトが、闇の中から忽然《こつぜん》とあらわれた大地を白く照らしだしている。

「なんか、いるな」

ディーラーがメインスクリーンを指差した。船底のカメラが生物を捉えたらしい。光の輪の中で、何かが蠢《うごめ》いている。

「深海魚だ」

スクリーンに生物の分析結果が表示された。平たくて、細長い魚類だ。頭全体が青い燐光を放っている。

「この海は、生物の宝庫だ」ディーラーは言葉をつづけた。

「さまざまな鉱物資源も豊富にある。地中深く埋蔵されたままだが」

「それが逆に政情を不安定にさせているというわけか」

「もともと植民開始時から移民団が二勢力に分かれていたと聞いている。火種ごとテラから移動してきたんだ」

「起こるべくして起きた戦争」

「迷惑な話だよ」

「しかし、テラフォーミングのときに発見できなかった遺跡があるというのは不思議だ」

「テラフォーミングというほどの改造はしていない。素性のいい惑星で、何もしなくても植民可能だった。陸地がなかったことを除けば」

「海中都市を築くというのが、イコール改造だったというわけだ」

「こんな深海底には用がなかった。国家体制が完成し、資源探査がはじまって、ようやく深海底にも目が向けられるようになった」

電子音が鳴った。ソナーの反響音の変化をシステムが捉えた。

行手で海底が垂直に切れ落ちている。

スクリーンの映像が、模式図に変わった。海底の様子を立体的に再現したものだ。巨大な裂け目が、海底の一角をふたつに分けている。地上にあれば、大峡谷だ。谷の幅はおよそ六百メートル。長さは数十キロに及んでいる。

「ヤコブの梯子だ」

ディーラーが言った。

模式図に光点が加わった。

「あの位置に洞窟がある」

ディーラーは光点を示した。示すのと同時に、模式図のデータをアプサラに送った。

「目標を確認したわ」アプサラの声が、スピーカーから流れた。

「あの洞窟に入るの？」

「奥には行かない」ディーラーが答えた。

「きょうは周辺調査と、無人探査装置の射出及びセンサーの崖への埋めこみをおこなう。洞窟の内部は、まだその一部しか構造が判明していない。無人探査装置の情報をもとに、安全を確保してから進入だ。時間は少ないが、だからといって冒険に走る理由にはならない」

「学術調査と戦争は違うってことでしょ」

「たぶんね」

「六十秒後に、ヤコブの梯子に入る」ジョウが言った。

「射出ポイントをセットしておいてくれ」

「それは問題ない。自動射出だ。位置データと連動させてある。前方に射出するから、アプサラは後方追尾を保ってくれ」

「了解。現時点で後方三十メートル。この距離を維持して、前にはでない」

〈セドナ〉が海底の裂け目に入った。その背後に、ウォーラスがつづく。深度が五千を超えた。マルガラスの海でこの深度に突入するのは、アプサラもはじめてだ。そもそもこのような深海底で戦闘がおこなわれることはない。戦闘深度はせいぜい五百メートルまでだ。千メートルをオーバーすると、ほとんどのギグが機動力を大きく落とす。両生類の肉体を持つアプサラのウォーラスだけが例外だ。

「あたし、何してるんだろう？」

アプサラは、ウォーラスのコクピットの中で、自分に向かってしきりに問いかけていた。

おかしなことになった。

戦いに明け暮れるだけの殺伐《さつばつ》とした日々を送ってきた傭兵が、なぜか、学術調査隊の一員となっている。

成り行きに身を委ねた。その結果がこれだ。

アプサラの口もとに、知らず笑みが浮かぶ。

笑うしかない。

グリンディロの神官どもが見たら、驚いて目を剝く。そういう光景だ。

よりによって、このあたしに殺戮《さつりく》以外の役割がめぐってくるとは。

十五年に及ぶ流浪の果てに、こんな面妖《めんよう》なことが待っていた。

「ターゲット、接近」ウォーラスが言った。

「深度五千百を維持」

スクリーンに光点が入った。

「何か、いる」

アプサラが言った。

「生命反応があります」ウォーラスが応えた。

「体調三メートル弱の生物と思われます」

「深海魚？」

「エコーでは判断できません。推進速度は時速七キロ。〈セドナ〉から二百三十メートルの距離をおき、旋回中」

「〈セドナ〉と未確認生物との間に入る。両者を結ぶラインを常時遮断」

「どうした？　アプサラ」

ディーラーが呼びかけてきた。

「仕事開始よ」

「魚かなんかだろ」

「マルガラスには爆発する魚がいっぱいいるわ」

「サイボーグ兵器か」

「そんな大袈裟なものじゃない。大型魚類に爆弾を飲ませて、脳にコントローラーを埋めこんだだけって代物がほとんどよ。誤爆が多いから、みんな嫌っていた」

「その魚爆弾だが」ジョウの声が割って入った。

「深海魚も使っているのか？」

「聞いたことないわね。でも、生け捕りできれば、なんだって使うでしょ」

「海上で生け捕りできればね」

「とにかく確認してくるわ。それがあたしの仕事だから」

「頼む」ディーラーが言った。

「この調査を円滑に進めるためにやったほうがいいと思われることはすべてきみの判断で好きにやってほしい。そのために、ぼくはきみを雇ったんだ」

「了解」

アプサラは通信を切った。

少し長く話しすぎた、と思った。水中での通信はハイパーウェーブでおこなわれる。長距離であっても、鮮明なやりとりが可能になるが、傍受されやすい。戦闘中には、絶対に用いない。しかし、調査隊の任務は非軍事行動だ。平気でハイパーウェーブ回線をひらきっぱなしにする。

スクリーンに目をやった。闇に包まれた海底世界が立体の模式図で表示されている。

〈セドナ〉から送られてきたデータを、ウオーラスのシステムが独自データを加えて再構築したものだ。そこに、未確認生物がグリーンの光点で示されている。

「追いついて」アプサラが言った。

「視認できる距離まで」

「未確認生物を追います」

ウオーラスが復唱した。

と同時に転針する。

瞬時に間を詰めた。接近したら、未確認生物は身をひるがえして逃げるはずとアプサラは思っていた。だが、違った。そいつの動線に、変化はなかった。

ウオーラスがそいつの右横に並んだ。

ライトがその輪郭を闇の中に浮かびあがらせる。

「ウフロ」

アプサラがつぶやいた。

驚愕の響きが、その短い一言にこめられている。

そいつは、深海魚ではなかった。

海獣だ。

ごくありふれたマルガラスの水棲哺乳類。シェオールの傭兵部隊では暗号通信にウフロの啼き声を利用していた。それくらい、どこにでもいる生物だ。しかし、二百メートルを超える深海にいることだけは、絶対にない。

なぜウフロが、ここに？

わからない。考えられない。

泳いでいるどころか、生きていることすら不自然だ。ウフロにエラはない。肺呼吸で、水中にいても、十分に一度は海面に浮上して息つぎをする。

アプサラは、あらためて深度計の数字を見た。

５１３８。

サイボーグ兵器か？

ついさっき、ディーラーにそう訊かれた。

ありうる。

見逃すことはできない。

7

「未確認生物をセンシング」

アプサラは言った。

「生体の内部センシングですか？」

ウォーラスが問うた。

「ぎりぎりまで近づいてみて。勘だけど、あいつは逃げる気がまったくない。熱、超音波エコー、できることはすべてやってちょうだい。とにかく、あいつの中身を知りたいの」

「わかりました」

ウォーラスがさらに前進した。

ウフロと並んだ。アプサラの予想どおりウフロは逃げない。悠然と泳ぎつづけている。

スクリーンに、ウフロの姿が大きく映しだされた。

間違いない。どこをどう見ても、これはウフロだ。別種の生物ではない。黒茶の毛皮に覆われた全身。大きな水かきのあるヒレ状の前肢と後肢。短いしっぽも扇状に広がっていて、四肢同様に水かきの役割を担っている。体調は三メートル弱。ごく標準的な成体のサイズだ。

「センシングをおこないました」ウォーラスが言った。

「結果を表示します」

映像が変わった。ウフロの輪郭に、あらたな色が重なる。

真っ白になった。

この色が意味しているのは。

肉も骨も内臓もない。……もしくは。

「エラー？」

「そうです。センシングできません。あらゆる方法でスキャンを試みましたが、すべて無効です」

「ただのウフロじゃないってことね」

「生物であるかどうかも疑わしいところです」

「爆発するかしら？」

「判断できる状況にありません」

「センシングの結果を〈セドナ〉に送信。同時にあの生物を牽制。〈セドナ〉から引き離すわ」

「了解しました」

牽制。

簡単ではない。生物爆弾の可能性が残っている。火器による攻撃は禁忌《きんき》だ。光は通じない。いま現在、強力なライトを真横から照射しているが、厭《いと》う様子はない。音は〈セドナ〉のソナーを妨げる。

打てる手はひとつだけだ。

アプサラは腕を振った。

ウオーラスのフィンが動いた。

エッジは立てない。ギグの装甲を切り裂くことのできる鋭いエッジを備えたフィンだが、今回は役割が違う。

フィンが伸びた、その一部が、ウフロの腰にそっと触れた。

アプサラは、ゆっくりと押す。てのひらで、子供の背中を静かに押す感じだ。無理はしない。相手の動作に合わせ、それに少しだけ自分の意志を加えていく。撫でるように。あやすように。それでいて断固と。

アプサラはウフロを押す。

ウフロが反応した。フィンの動きに身を委ねた。

進路を変える。〈セドナ〉の周囲をまわるのをやめ、まっすぐに進みはじめた。

「アプサラがウフロを連れてどこかに行く」〈セドナ〉の船内で、ジョウが言った。

「いいのか？　彼女にあいつをまかせてしまって」

「いいわけがない」うなるように、ディーラーが言った。

「あれは命懸けの行動だ。あのウフロが生物爆弾だとしたら、かなりの確率で自爆する」

「どうする？」

「どうすると言われても」ディーラーは首を横に振った。

「やめろといって呼び戻すのか？　戻ってくるのなら、やる」

「アプサラも俺も、ボスはあんただ。だが、あんたがやれと言っても、そのすべてに無条件で従うわけではない。自分の任務を考えた上で、最善の道を選ぶ」

「だとしたら、こちらがやることはひとつだけだ」

「………」

「洞窟に向かう。降下続行」

「了解」

〈セドナ〉が遠ざかる。光点が、後方へとゆっくり移動していく。

どうやら、ディーラーは指揮官として正しい決断を下したらしい。

「ただの坊ちゃん学者ってわけではなさそうね」

小さくつぶやき、アプサラはメインスクリーンの映像を切り換えた。

ウフロが映る。画面全体を、その丸い後頭部が埋めつくしている。ウオーラスのフィンに押され、ウフロは少しずつ上昇をしはじめている。

アプサラはスクリーンから目を離さない。ウフロを凝視し、その動きに意識を集中する。

「！」

ウフロが首をめぐらした。反射的にウフロをフィンで突き放しそうになる。その衝動を必死で打ち消した。何かするわけではない。ただ、ちょっと動いただけだ。こちらに好奇心を向けただけだ。

ウォーラスのカメラをウフロが見た。アプサラと視線が合った。もちろん、ウフロからアプサラの顔は見えない。だが、アプサラには自分がまっすぐに見つめられているとしか思えない。ライトに照らされて、ウフロの双眸が闇の中で強い光を放っている。

甲高い音が聞こえた。

音？

耳鳴り？

アプサラがそう思ったつぎの瞬間。

周囲の光景が一変した。

何がどうなったのか、アプサラにはまったく理解できない。

スクリーンが消えた。ウフロの顔もどこかに失せた。いや、スクリーンだけではない。

目に見えるものすべてが完全に変わった。

アプサラは、空中を飛行している。

眼下に見えるのは。

海だ。どこまでも広がる群青《ぐんじょう》の海。

暗転した。短い闇。そして、再び、視界が明るくなる。

気がついた。これはアプサラ自身が目で見ている光景ではない。誰かが、彼女の意識の内部にイメージを流しこんでいる。アプサラはそのイメージを光景として捉えている。

擬似視界。しかし、異様にリアルだ。本当に、いまその場にいるとしか思えない。

暗転がつづく。そのたびに見ているものが変化する。

見知らぬ都市。

見知らぬ生物。

見知らぬ機械。

見知らぬ植物。

炎が疾る。エネルギービームが飛び交う。爆発する。無数の閃光が、暗黒を切り裂く。

海中に沈んだ。

潜っていく。

すさまじい速度だ。高々度から落下する感覚。だが、名状しがたい浮遊感も存在する。

海底があらわれた。ふたつに割れている。巨大な裂け目だ。この光景は見知らぬそれではない。明らかな既視感がある。

ヤコブの梯子。

飛びこむ。さらなる深みを目指して、海底の断崖へと突入する。

その先には――。

「アプサラ！」

声が響いた。

「アプサラ！」

また響いた。アプサラの耳朶を打った。

「どうした？　アプサラ」

声がつづく。

この声は。

ディーラー。

スクリーンが目に映った。

光芒が闇を薄めている。人工の光。潜水艇の前照灯だ。

「ネレイス」

アプサラがつぶやいた。

「なんだって？」

ディーラーの声が問う。通信機からだ。ハイパーウェーブで呼びかけている。

「ディーラーなの？」

アプサラは我に返った。

「そうだ。いま、なんて言った？」

「ディーラーなのって」

「違う。その前だ。よく聞きとれなかった」

「わからない。何か言った記憶がない。あたし、ちょっと混乱している」

「混乱だと？」

「ジョウだ」声が変わった。

「アプサラ、現在位置を把握しているか」

現在位置？

言われていることの意味が、アプサラには理解できない。

「俺たちは、洞窟の中にいる」ジョウが言った。

「ヤコブの梯子の中腹に穿たれている、例の遺跡とおぼしき洞窟だ。降下してその入口に到達し、二分前に進入した」

「洞窟の中……」

「なぜ、おまえはここにいる？　どうやってここにきた？」

「あたし」

「記録がありません」アプサラの言葉にかぶせるように、ウオーラスが言った。

「時間経過と、航行記録が合致しない状況が生じています。原因は不明。システムに異常は見られません。しかし、マルガラスの標準時間で千七百二十三秒の記録が欠落しています」

「その欠損時間の認識は？」

アプサラが訊いた。

「システム的には、存在しない時間です」

「ウフロはどこに行った？」

通信機から聞こえる声が、ディーラーのそれに戻った。

ウフロ。

忘れていた。アプサラは正体不明のウフロを誘導し、〈セドナ〉から離れた。

アプサラは映像をスクロールさせて、船外の様子をチェックした。

ウフロがいない。

姿が、完全に失せていた。

第三章　禁断の女神

1

「こちらにも記録がない」ディーラーが言った。

「遭遇できたんだ。それまでの航跡というものがある。だが、ソナーにも、レーダーにも、その記録が存在していない」

「忽然と、ここに出現したというわけか」

ジョウが言った。

「わからない」

アプサラが答える。

「俺たちよりも、洞窟の奥にいたんだぞ。入りこんで前進していたら、おまえのギグの姿がいきなりライトの中に浮かびあがった」

「あのウフロに何かされたということは？」

ディーラーが訊いた。

「わからない」

「記憶が飛んだのか？」

「違う。イメージのことは覚えている」

「イメージ？」

「あたしの裡《うち》に流れこんできた」

スクリーンごしにウフロと目が合ったあとで起きたことを、アプサラは話した。

「知らない世界の光景だと」

ディーラーが言った。

「奔流のように押し寄せてきたわ。まるで、その世界の中に入りこんだみたいになってしまった」

「テレパシーに似ている」ジョウが言った。

「俺は、何度も体験した」

「言葉はなかったのか？　そのイメージに」

ディーラーが訊いた。

「なかった――と思う。ただ」

「ただ？」

「イメージで語られたような気がする。落ち着け。わたしを受け入れろって」

「落ち着け。わたしを受け入れろ」ディーラーがジョウを見た。

「理解できない。そんな内容がイメージで伝わるなんて」

「そう言われているような気がするんだ」ジョウが言った。

「俺たちは言葉からイメージを思い浮かべ、それで相手のメッセージを意識の中で再構築する。テレパシーは、その逆だ。イメージがきて、そこから言葉が紡ぎだされていく」

「そう」アプサラが言った。

「そんな感じよ」

「じゃあ、あのウフロは超能力を持った異種生命体だったってことか」

「あるいは、中継者《リレイヤー》」

「超能力者が相手なら、アプサラのとつぜんの出現も納得できる。テレポーターに、ここまで飛ばされたと考えれば」

「ありえないとは言わないが」ディーラーの言にジョウが口をはさんだ。

「いま結論をだす必要はない。詳しいことは、〈ベセルダ〉に戻ってから検討しよう。アプサラと、彼女のギグに異常な事態が生じたことは確認した。とりあえずは、それでいい」

「……そうだな」短い間を置き、ディーラーはうなずいた。

「たしかに、ここで、あれこれ詮索していても時間を無駄に消費するだけだ。アプサラが無事だったということだけで、この件はいったんよしとしよう。探索を続行する」

「あたしが先行します」

アプサラが言った。

「了解。まかせる」

ディーラーが応えた。

アプサラのギグが動きだした。ゆっくりと前進し、洞窟の奥へと向かう。

「壁を見ろ」ディーラーが言った。

「報告書どおりだ。なめらかすぎる。自然現象で穿たれたものとは、明らかに違う」

「少し削りとりたいな」

ジョウが言った。異常事態を体験し、常になく興味をそそられている。

「やってくれ。いいサンプルになる」

「…………」

ジョウは無言でうなずき、マニピュレータを操作した。右舷からアームが伸び、洞窟の壁をひっかくようにえぐった。

コクピットのスクリーンにエラーの文字が浮かんだ。

「どうした?」

ディーラーが訊いた。

「壁がマニピュレータの爪を弾《はじ》く」

「弾く? まさか。爪はKZ合金だぞ」

もう一度、ジョウがアームの先端を壁に突きたてた。

またもエラー表示がでた。

「だめだ」ジョウが言う。

「まったく歯が立たない」

「信じられない硬度だ」

「当たっているかも。先史文明の遺跡という予想」

「なんとしても、サンプルがほしい」

「あたしが試してみる」アプサラの声が響いた。

「ウオーラスのほうが自由に動けるから」

「やれるのか?」

「ウオーラスのフィンは電磁メスよ」

「そいつは頼もしい」

ディーラーはうなずいた。うなずいたが、厳密に言えば、これは内規違反だ。この洞窟は、貴重な先史文明の遺跡である可能性が高い。遺跡に直接触れる者は、それ相応の資格を有していないといけない。調査隊の内規として、そう定められている。だが、いまは細かい規則がどうのこうのと言っている状況ではない。打てる手は、すべて打つ。そうしなければ、いけないときだ。

スクリーンの中を、アプサラのギグが横切った。ジョウがライトの角度を変え、そのシルエットを追う。

ギグが壁に到達した。〈セドナ〉との距離は五メートルほどだ。

減速し、フィンを壁に押しあてる。その体勢で、センシングを開始する。

「反応が返ってこない」アプサラが言った。

「さっきのウフロと同じ。何ひとつ情報は得られない」

「ジョウ」ディーラーが言った。

「上と通信できない。ハイパーウェーブが洞窟内部で吸収されている」

上とは〈ベセルダ〉のことだ。

「よくないな」

ジョウがつぶやいた。

「やるわよ」アプサラが言った。

「うまくいってもいかなくても、これをやったら、海上に戻ったほうがいいわね」

「そうする。無理はしない」

アプサラは構えた。彼女の動きに連動して、フィンが動く。このフィンのエッジで、壁の表面を削ぐ。

フィンを振った。エッジが壁に食いこむ。

その手応えが。

ない。

フィンが沈んだ。壁の中に。

切れたのか？

違う。すうっと吸いこまれるようにフィンが壁の中へ入っていく。

あるはずの壁が、そこになかった。そういう感じだ。

フィンが、壁の奥に沈む。引きずられ、ウオーラスそのものも壁の向こう側へと持っていかれる。

吸いこまれるようにではない。ウオーラスは明らかに吸いこまれている。アプサラは抗《あらが》った。ウオーラスのシステムも異常事態を察知し、ジェット噴射で壁からの離脱をはかった。だが、だめだ。止められない。

「何？」

ジョウは目を疑った。予想だにしなかった展開である。

「つかまえろ。ギグを！」

ディーラーが叫んだ。

反射的に、ジョウは〈セドナ〉を前に進ませた。壁に向かった。

ギグが壁に突き刺さっている。〈セドナ〉のライトに照らしだされているのは、そういう光景だ。すでにボディの半分以上が壁の中にある。

ジョウはマニピュレータを伸ばした。アームがギグの尾ビレをとらえようとする。

つぎの瞬間。

〈セドナ〉が大きく傾いた。

海中でもんどりうった。壁が近づく。横ざまに激突する。

そう思ったとき。

闇が生じた。

艇内の照明が消えた。

衝撃はない。

音もない。

ただ、いきなり真っ暗になった。

システムアウトだ。〈セドナ〉の機能が、全停止した。

どうするか？

反射的に、ジョウはそう考えた。

打つ手はない。

が。

その数秒後。

唐突に、光が戻った。

やはり、衝撃も音もない。今度は〈セドナ〉の機能がなんの前ぶれもなく、とつぜん甦《よみがえ》った。

スクリーンに映像が入る。入ったが、暗くて何も見えない。

「計器に異常なし。すべて正常動作中」

ジョウがシステムをチェックした。

「ライトを正面に向けろ。外の様子を見る」

ディーラーが言った。

「待ってくれ」

「どうした？」

「深度計がおかしい。水深百五十二メートルと表示されている」

「百五十二メートル？」

「水圧の数字とも合致する。海中にいることは間違いないが、ここは水深百五十二メートルだ」

「馬鹿言え、あんな短時間で、そこまで上昇なんてできない」

「わかっている。だが、エラーはいっさいでていない」

「アプサラはどこだ？　彼女にも確認してもらう」

ディーラーはスクリーンの映像をソナーの模式図に切り換えた。

「ハイパーウェーブでウオーラスを呼ぶ」

ジョウが言った。

「だめだ」ディーラーが首を横に振った。

「ギグがいない。いや。それどころか、洞窟そのものが消えている。一キロ四方、いっさい反応なしだ」

「ということは」

「ここはもう洞窟の中じゃない」

2

電子音がけたたましく鳴り響いた。

「わっ」

叫び声をあげ、リッキーが動力コントロールボックスのシートの上で大きく飛びあがった。

「いちいち驚くな」タロスが言った。

「って、熟睡してたんじゃ無理ねえか。検索が終了しただけだ。寝直してもかまわんぞ」

「寝てなんかいねーよ。ちょっとぼおっとしてただけだ」

「けっ」

リッキーの強がりに苦笑いを浮かべ、タロスはコンソールのキーを打った。

メインスクリーンに映像が入る。文字と画像が、ずらずらと並んだ。

「アプサラ。傭兵……」画面の文字をタロスが声にだして読んだ。

「本名は不明。年齢も不祥。惑星グリンディロ出身。水中用機動装甲体《ギグ》による水中戦闘のスペシャリスト。ギグの愛称はウオーラス」

そこで、タロスの言葉が止まった。

「つづきは？」

リッキーが訊く。

「ねえ」

「ない？」

「こんだけだ。銀河連合のデータベースを根こそぎ検索してでてきた情報は」

「嘘だろ」

「嘘じゃねえ。冗談でもねえ。本当にこんだけだ」

「…………」

「まいったな。こんなやつははじめてだ。いままでは大物でも小物でも、どんなやつだろうと、もう少し情報が入っていた」

「惑星グリンディロって、俺ら、聞いたことないよ」

「実は俺も初耳だ。こいつが、ただひとつの手懸りになりそうだな」

「再検索するんだろ」

「もちろん」

タロスはさらにキーを打った。

一拍間を置き、スクリーンの映像が変わった。

表示されたのは、文字が一行だけ。

非開示。

「なに？」

タロスは目を剝いた。

検索対象外項目である。

つまり、部外秘情報。

「とんでもねえタマだな」

「どういうことだよ？」

リッキーも啞然としている。

「さっぱりわからん。個人じゃなく、惑星そのものが極秘になってるなんてことは、はじめてだ」

「秘密の惑星かあ」

「むかつくぜ」タロスが荒々しくキーを打った。

「こういうやつがでてくると、俺は俄然、やる気になる」

「あったんだ。タロスにもやる気ってのが」

「けっ」

「ジラフだ」

スピーカーから声が流れた。電子的に加工された、甲高い機械的な声である。スクリーンに映像はでない。

「よお。タロスだ」

「久しぶりだな。元気か？」

「元気だが、気分は最悪だ」

「だろうな。俺を頼ろうってんだから」

「誰だ？」

リッキーがつぶやいた。ハイパーウェーブでどこかのネットワークにアクセスし、パスワードを打ちこんで相手を呼びだした。明らかに怪しい手順である。表の人間ではない。裏社会の誰かだ。

「情報屋のジラフ」タロスが言った。

「ごうつくばりのくそ野郎だが、ネタはたしかだ」

「ちっ、よく言ってくれるぜ」

「ほんとだろ」

タロスはからからと笑った。

「褒《ほ》められたんだと受け取っておこう」

「ああ、それがいい」

「で、何を知りたい？」

「惑星グリンディロ」

「！」

「そこ出身という傭兵がいる。名前はアプサラ。しかし、どこにも情報がない」

「グリンディロか」

ジラフの声が、きんきんと響く。

「なんか、知ってそうだな」

「触ると、やばいぞ」

「だから、なんだ」タロスはふんと鼻を鳴らした。

「もうとっくにやばい状態に入っている。この先、いくらやばくなっても気にしねえ。とにかく情報がほしい」

「依頼はふたつだな」ジラフが言った。

「惑星グリンディロとアプサラだ」

「ああ、まっとうな情報がもらえるのなら、ふたつとも金を払う」

「ひとつ二千だ」

ジラフの二千は、二千万クレジットを意味している。

「ふっかけやがって」

「こいつは、そういうネタなんだよ」

「わかった」タロスは小さくうなずいた。

「要求丸呑みだ。そのかわり完璧な情報をよこせ。ガセを入れたら、銀河中探しても、おまえをつかまえる」

「そりゃ怖い」

「マジだぞ」

「肝に銘じておく」

「三時間で、どうだ？」

「厳しいな」

「ちょいとやな予感がしている。あまりのんびりしたくない。二時間以内に片づけてくれたら、一件につき、千ずつ上乗せする」

「ほお」

「どうだ？」

「最高の提案だが、やってみないとわからない。安請け合いはできねえネタなんだ」

「おまえからそんな返事をもらうのははじめてだ」

「けっ、タロスが礼金を上乗せするってのも、はじめてだぜ」

「はじめて尽くしか」

「すぐに仕事に入る。無駄口はこれまでにしておこう」

「わかった。頼んだぞ」

「ああ」

通信が切れた。

「…………」

タロスはメインスクリーンを見つめている。

画面に映っているのは惑星グリンディロの文字列だ。

「何もんなんだろう」リッキーがぼそりと言った。

「アプサラって」

ソナーの音が船内で甲高く反響《こだま》している。

「深度二千。船体に異常なし」

副長のソレルが言う。

「…………」

ホーリー・キングは、何も答えない。無言で小さくうなずいた。

かれらが乗っているのは、潜水機能を備えた外洋宇宙船だ。船名は〈グリンディロ〉。標準時間で二十一時間前、〈グリンディロ〉はマルガラスの衛星軌道にいた。臨時商用船。そのように登録されていた。シェオール政府による公式登録だ。当然、連合宇宙軍の検問はおこなわれない。宇宙ステーションまでは無条件で航行できる。

宇宙ステーションで、特別許可が発行された。大型採掘装置の輸送につき、例外として地上降下を認める。シェオール政府が、そう決定を下した。極めてまれなケースだが、年に一、二回はあることだ。海底鉱山でのレアメタル採掘に専用装置の輸入はつきものであり、それは多くの場合、シャトルの格納スペースには入りきらない。

〈グリンディロ〉は、ゴナラダ島の宇宙港に向かわなかった。降下し、そのまま海上に着水した。宇宙船と潜水艦の構造は、気密性に関してはほぼ同じだ。水中での推進機関さえ備えていれば、そのまま潜水艦に転用できる。〈グリンディロ〉は、そのように設計されていた。限界深度は七千五百メートルである。

「通信、傍受しました」

ソレルがキングの横にきて、小声で言った。

「動きがあったのか？」

「ディーラーがヤコブの梯子に向けて潜水を開始したようです」

「いいタイミングだ」

「パイロットがクラッシャーで、アプサラのギグが同行しています」

「きのうは大騒ぎだったみたいだな」

キングの細い目が、ソレルを見た。

「仕掛けてくれますよ。ったく、どこまで計算してやってるのか」

「アプサラが調査隊に雇われたのは、間違いなく計算違いだ。やつら、戦闘に巻きこまれたことで現場検証の名目を立て、部隊をごっそり〈ベセルダ〉に送りこむという腹づもりだったんだが」

「乗っ取りは不可能ですね」

「馬鹿言え」

キングは薄く笑った。

「あいつらがこの程度で諦めるものか。必ず強引に動く。ここでためらっていたんじゃ、絶好の機会を失うことになる」

「では」

「そのときが、俺たちのチャンスだ。それまでは、忠実な犬を貫く」

「了解しました」

3

呼びだし音が鳴った。

即座に、タロスが回線をひらいた。

「うっす」

ジラフの加工音声がきんきんと響く。

前の交信を切ってから、標準時間で一時間五十二分が経過している。二時間には達していない。

「プラス二千、ゲットだ」

　ジラフが言った。

「そいつは、ネタを聞いてからだな」

「疑り深いねえ」

「期待が大きいんだよ」

「こいつがグリンディロだ」

　メインスクリーンに映像が入った。立体航宙図である。

「はと座宙域」

　タロスは腕を組んだ。

　惑星系がひとつ、赤い光点となって表示されている。恒星の名が表示された。ウシャス……とある。

「ウシャスは恒星リストに入っている」リッキーがデータベースをチェックした。

「でも、移民可能な惑星は存在しないって書かれているぜ」

「消されたからな」

「消された？」

　タロスの頬がぴくりと跳ねた。

「ウシャスの第五惑星が、グリンディロだ」ジラフはつづけた。

「二一二一年に発見され、ケヴィオン教国が移民の権利を得た」

「宗教国家か？」

「そうだ。当時のテラでは、よくあったことだ。たしか、あんたもガンガーの騒動に巻きこまれたことがあったな」

「ああ」タロスはうなずいた。

「むかつく仕事だった」

「ガンガーの第四惑星、バクティに移民したのはナタラージャ教団だ。ガチガチの宗教国家だった。人類滅亡の危機に追いこまれていたテラには、宗教国家がたくさん出現していた。にっちもさっちも行かなくなって、みんな神様に頼ろうとしていたから」

「ふむ」

「ケヴィオン教国も、そのひとつだ。もとは小さな島国だよ。主神は水の女神ダッシャーナ。人口は七万四千人」

「そんなちっぽけな国が、惑星ひとつを独占的にもらったのかい？」

リッキーが訊いた。

「移民申請が国家の場合、審査基準は治安と国民の団結力だった。いまはどうってことないが、あのころの移民といったら、そりゃもうとんでもないことだったんだぜ。へたすると、移民星に到達する前に船団残らず全滅だ。無事に着いても、艱難辛苦《かんなんしんく》の連続。おめえらみたいなクラッシャーもいない時代だ。死ぬか生きるか、命懸けの事業ってやつよ。となれば、どういう移民団が優先されるのかは明らかだ。宗教国家はぴったりだろ」

「指導者に絶対的に従い、あらゆる困難に対しても、挑戦的に立ち向かえる」

「そうそう」タロスの言に、ジラフは同意した。

「信者ってのはそういうもんだ。だから、地球連邦政府が移民を募ったとき、宗教国家は我先に手を挙げた。他の国がリスクに怯《おび》えてしりごみしている間隙を縫ってな」

「移民は成功したのか？」

タロスが訊いた。

「もちろんだ。第一期だけで七万人以上が移り住み、新惑星国家を形成した。その後、第二期、第三期の移民が実施され、人口も着実に増えていった。だが、繁栄は長くつづかなかった」

「内戦だな。お決まりのパターンだ」

「ふつうの戦争なら、どうってことなかった。あんたがいまいるマルガラスと同じだ。銀河連合が介入しても、国家そのものを叩きつぶすなんてマネはしない。国際ルールに則《のっと》って、仲裁だけをおこなう」

「グリンディロは違ったのか？」

「宗教国家ってのは、業《ごう》が深い。原理主義者と改革派の対立が起きた。最初はもちろん、原理主義者、つまり体制側が改革派を圧倒していた。しかし、少しずつ改革派も勢力を伸ばしはじめた」

「それで戦争になるの？」

リッキーが訊いた。

「まだだ。原理主義者は改革派に奇跡で対抗しようとした」

「奇跡」

「禁断の果実に手をだしたのさ。神の御使い、水巫女《みずみこ》様を手に入れるために」

「…………」

「遺伝子改造だ。人間の」

「GMOか！」

「つくっちまったんだよ。水陸両棲人間ってのを」

「銀河連合が動くはずだな」

「正確なデータは、すべて握りつぶされてしまったが、俺が調べた限りじゃ、数万人単位で失敗作が生まれた。もちろん、すべて死ぬか殺されて、処分された。無事に完成し、成長した個体は、おそらく数体。三人はいないだろう。最後に確認されたのが、二十五年前だ。それが何人目だったのかは、まったくわかっていない」

「奇跡は奇跡になったのか？」

「なるわけない。GMOはたしかに体制側の信者には女神の降臨として熱狂的に崇められたが、そこまでだ。改革派はそれを逆宣伝に利用し、結局、内戦に至った。そして、それは銀河連合の情報部に察知されることとなった」

「それで、国家丸ごと」

「抹消だよ。重大な条約違反ってやつだ。体制側の指導者は全員が拘束され、国民はすべて他の惑星国家に強制再移民させられた。拒否したら、連合宇宙軍が総攻撃をおこなうって脅されてな」

「こういうことをしたら、独立国といえども容赦はしないってのを全加盟国に見せつけたんだろう。さすがは銀河連合だぜ」

「処分は、ほぼ秘密裡に遂行された。ニュースにはならなかったし、記録も完全に封印された。グリンディロという惑星そのものが、銀河系から消え失せた」

「それが、アプサラの記録に名前だけ残っていた。なぜだ？」

「アプサラが、銀河連合の監視対象だからだ」

「意味がわからん」

「検索してきたやつを捕捉する」

「俺のことか？」

「ああ、ブラックリストに載ったはずだ。だが、それで何かが起きるということは、おそらくない。おまえ、いま銀河連合がらみの仕事でマルガラスにいるんだろ」

「調べたな」

「流れだよ。流れ。どっからアプサラの名がでてきたのかをこっちも知っとかないと、さらにやばいことになっちまう」

「ほんとに、てめえはむかつく野郎だ」

「おまえは知っていた。アプサラがGMOってことを。だから、礼金を上乗せしてまで、俺に調査を依頼した」

「ノーコメント。それはてめえの仕事に関係ない」

「たしかにそうだな」

「金は、全額払う。おまえはいい仕事をした。あとはすべて忘れることで完璧になる」

「オッケイだよ。オッケイ」ジラフはかかかと笑った。

「取り引きは成立だ。入金を確認した時点で、何もかも忘れる。約束するぜ」

「最高だ。くそ野郎」

「ああ、あばよ。つぎの依頼を楽しみにしている」

通信が切れた。タロスが先に切った。

「…………」

しばし沈黙の時間が流れた。

タロスもリッキーも、口をきかない。

ややあって、タロスが言った。

「やれやれだな」

「やれやれだよ」

リッキーがうなずいた。

「奇跡の女神が、流転の果てに傭兵か」

「どういう経過でそうなったんだろう。俺らには見当もつかないや」

「ローデスの浮浪児がクラッシャーになったのと似たようなもんじゃねえかな」

「んなわけない！」

「キャハッ！」

ドンゴの声が大きく反響した。

「どうした？」

タロスが首をめぐらした。ドンゴは副操縦席に入っている。

「〈べせるだ〉デ異変発生」ドンゴが言った。

「〈せどな〉ト通信途絶」

タロスはドンゴに〈ベセルダ〉でおこなわれているすべての交信の傍受を命じていた。その中には、ジョウの操縦する〈セドナ〉と〈ベセルダ〉との間のハイパーウェーブ通信も含まれている。

「直前ノ交信ヲ再生シマス。キャハ」


「アプサラ！」

「どうした？　アプサラ」

「ネレイス」

「なんだって？」

「ディーラーなの？」

「そうだ。いま、なんて言った？」

「ディーラーなのって」

「違う。その前だ。よく聞きとれなかった」

「わからない。何か言った記憶がない。あたし、ちょっと混乱している」

「混乱だと？」

「ジョウだ。アプサラ、現在位置を把握しているか。俺たちは、洞窟の中にいる。ヤコブの梯子の中腹に穿たれている、例の遺跡とおぼしき洞窟だ。降下してその入口に到達し、二分前に進入した」

「洞窟の中……」

「なぜ、おまえはここにいる？　どうやってここにきた？」

「あたし」

深海で発信されたハイパーウェーブのやりとりだ。補正はされているが、音声には雑音が混じり、ひじょうに聞きとりにくい。しかし、それがディーラーとジョウと、女性の声だということははっきりとわかる。女性は、アプサラだ。

「アタシ、ノアトデ交信ハ唐突ニ終ワッテイマス。キャハ」

ドンゴが言った。

4

「ハードの異常じゃねえな」タロスがうなるように言った。

「交信をむりやり遮断されたような切れ方だ」

「でも、ハイパーウェーブを完全に遮断するなんて」

リッキーが言った。

「簡単じゃねえ」タロスは小さくあごを引いた。「それなりの装置が要る」

「どうするの？」

「とりあえず、〈セドナ〉が潜ってからのすべての交信を聞こう。——ドンゴ、流してくれ」

「キャハッ。了解」

音声が再生された。

ディーラーとアプサラのやりとりがほとんどだ。

途中から、タロスの表情が険しくなった。リッキーは丸い目をさらに丸くして、硬直している。

「謎の海獣に、深海でのテレポートか。こいつぁ、ただごとじゃねえぞ」

聞き終えて、タロスが言った。

「ヤコブの梯子にある洞窟に入ったんだよね」

「ああ。遺跡と目《もく》されている洞窟だ。そん中で何かが起きた」

「アルフィンは何も言ってこない」

「それどころじゃないかもしれん」タロスは拳を握った。

「ジョウが深海で消息不明になったんだぞ。アルフィンがどうなるか、想像がつく」

「逆上してる姿が目に浮かぶよ」

「しかし、下の情報はほしい」

「降りよう」

「できねえな」

「非常事態だろ！」

「連合宇宙軍がそう判断すると思うか？」

「それは……」

リッキーは口をつぐんだ。連合宇宙軍将校の融通の利かなさはよくわかっている。遺跡調査団の護衛任務を受けている立場であっても、クラッシャーの主張に耳を貸す可能性はほぼゼロだろう。

「しかし、試してみる価値はある」タロスはコンソールに向き直った。

「こんなところにいつまでも置かれていたんじゃ、話にならねえ。いざとなったら、総司令官に直談判だ。こっちは銀河連合に頼まれて、ここにきたんだぞ」

「タロス、その意気だ」

「おうよ」

リッキーの声援を受け、タロスが通信機をオンにした。銀河連合を経由した、ハイパーウェーブでの暗号通信だ。連合宇宙軍との取り決めで、この通信はマルガラスを包囲する艦隊の旗艦直通になっている。

「〈カッパドキア〉だ」

スクリーンに映像が入った。〈カッパドキア〉は旗艦の名だ。スクリーンにあらわれたのは、異様に眼光の鋭い軍人だった。シャラントン大佐。艦隊の副司令である。予想外の大物が、通信を受けた。

「クラッシャーのタロスです」

「ジョウのチームだな」

「ディーラーの護衛をやってます」

「緊急通信の用件は？」

「下に降りる許可をいただきたい」

「降りる？　何かあったのか？」

「遺跡調査で深海潜航中の〈セドナ〉と〈ベセルダ〉との通信が途絶しました。〈セドナ〉にはディーラーとジョウが乗船しています。明らかな非常事態です。早急に降下し、捜索もしくは支援をおこないたいと思っています」

「通信機器の故障じゃないのか？　その確認はどうなっている」

「機器の故障とは異なる、とつぜんの交信断絶です。よほどのことがない限り、こんな事態はありえません」

「だが、〈ベセルダ〉からは何も報告がない。当事者である調査隊が騒いでいないのに、衛星軌道で待機しているサポートチームが非常事態を宣言するのはお門違いだ。まず〈ベセルダ〉に状況確認をし、〈ベセルダ〉を通じて許可申請をだすのが筋だ」

「俺たちはプロです」タロスの声が高くなった。

「こういうことが起きたら、どうするか、はっきりとわかっています。いまはそんな悠長なことをしているときじゃない」

「ものには原則がある。それを崩すのには、それなりの理由と手続きが要る。今回は条件的に不十分だ」

「大佐！」

「タロス！」

リッキーの声が、背後で響いた。

「アルフィンから緊急信号だ。レッドアラート。繰り返すよ。レッドアラートだ」

緊急信号。

通信すらできない非常時に陥ったときのみ発信する暗号通信だ。専用の通信機を破壊すると、〇・二秒だけ信号が飛ぶ。〈ミネルバ〉が、その信号をキャッチした。

「聞きましたか？」タロスがスクリーンを睨みつけた。

「信号をそちらに転送します。確認してください」

「…………」

「どうです？」タロスは言葉をつづけた。

「こいつは本物の非常事態ですぜ。〈セドナ〉だけじゃない。〈ベセルダ〉の船内でも何かが起きている。いま降りなかったら、手遅れになります」

「しかし」

「俺たちが降りても、内政干渉にはならない。だが、状況がさらに悪化して連合宇宙軍の介入となれば、話はべつです。ことによっては、俺たちの要請を蹴ったあんたの責任問題にも発展する」

「…………」

「決断してください！　連合宇宙軍に迷惑はかけない。俺たちは俺たちの仕事をまっとうしたいだけです」

「わかった」低い声で、シャラントンが言った。

「わたしにも矜持《きょうじ》がある。情勢を見誤ることなく、副司令として艦隊の指揮を預かってきたという誇りだ。そこまで言いきる相手にその要請を拒否したら、必ずや我が誇りが傷つく。それは我慢できない」

「じゃあ」

「わたしの権限で降下を許可する」

「ありがてえ」

「連絡を密にしてくれ」シャラントンは言を継いだ。

「何が起きて、どういうことになっているのか。頻繁に教えろ。それが許可条件だ。その任務をこちらから依頼するということで、話をつける」

「なるほど」タロスは大きくうなずいた。

「合点承知でさあ。ドンゴを回線に張りつけておきます。知りえた情報はすべてそっちに流します」

「頼んだぞ」

話が終わった。シャラントンが通信を切った。

「よっしゃあ！」

タロスがてのひらに拳を打ちつけた。

「降りるんだね」

「シェオールとオズマに同時通報しろ。〈ベセルダ〉に異常発生。これより〈ミネルバ〉は、地上に降下すると」

「了解！」

マルガラスの模式図がメインスクリーンに入った。

〈ミネルバ〉の降下軌道が示されている。最短時間で〈ベセルダ〉の真上に到達できるコースを選んだ。

タロスは〈ミネルバ〉の操縦レバーを握った。

静止衛星軌道を離脱する。

「リッキー」タロスが言った。

「ハンドジェットを用意しろ」

「飛ぶのかい?」

「ああ、〈ミネルバ〉はドンゴにまかせる。俺たちは、ハンドジェットで〈ベセルダ〉に着艦だ」

「おもしれえ」

「だが、突っこむタイミングは状況で決める。下がどうなってるのか、さっぱりわからない。とんでもないことになってたら、着艦どころじゃなくなる」

「とんでもないって、どういうのだよ」

「それがわかってたら、苦労はねえ」

「わくわくするなあ」リッキーの瞳がきらりと光った。

「やっと出番だ」

「どじったら張ったおすぞ」

「タロスこそ」

「キャハ。大気圏、突入シマス」

ドンゴが言った。

5

「〈セドナ〉、トレースできません！」

船橋が騒然となった。

「通信途絶。呼びかけに応答なし」

通信士も叫んだ。

「ポーキュパインを全機投下しろ。急速潜航だ」

船長のテオ・ロンが指示を発した。ポーキュパインは小型のロボット潜水艇である。直径一メートル弱の丸いボディに、センサーのアンテナが四十二本、放射状に突きだしている。限界深度は一万二千メートルだ。

「ポーキュパイン、投下」操作を担当する船員が復唱した。

「五機が潜航開始。洞窟到達まで四十六分」

ドアがひらいた。足音を甲高く響かせて、軍人たちが船橋に入ってきた。総勢九人。バントン少尉が先頭に立っている。

「アッパーデッキがあわただしいぞ」バントンが言った。

「何かあったのか？」

「少尉！」テオの表情が険しくなった。

「許可なく船橋に立ち入るのは協定違反です」

「異常を察知して状況確認にきたのだ。オブザーバーといえども、その程度の権利はある」

「しかし」

「抗議は、あとで聞く」バントンはテオの言葉をさえぎった。

「いまは、まず状況を知りたい」

「…………」

テオは、しばし逡巡《しゅんじゅん》の色を見せた。オブザーバーといえば聞こえはいいが、実態はシェオールが強引に同乗させた調査隊の監視役だ。けっして友好的な相手ではない。ディーラーからも、かれらには何も見せるなと申し渡されている。

だが。

ここで揉めたら、この非常事態に対して、何ひとつ対応できなくなる。

「〈セドナ〉の行方を失いました」テオが口をひらいた。

「捕捉不可に陥り、通信も途絶しています」

「捕捉できず、通信途絶」うなるようにバントンが言った。

「最悪の非常事態ではないか！」

「だから、こうやって捜索をはじめているのです」

テオは船橋のコンソールデスクを示した。通信士、航海士と並んで、三人の船員がポーキュパインを遠隔操縦している。

「あいつだ」

バントンの声が高くなった。

「あいつ？」

「アプサラだ」バントンは睨むようにテオを見た。

「あの傭兵が怪しい。逃げるために〈セドナ〉を破壊し、遭難に見せかけている可能性がある」

「まさか」

「すでに解雇したとはいえ、元シェオールの傭兵が調査隊に害を及ぼしていたとしたら、それをわれわれが看過することはできない」

「しかし……」

「援軍を呼ぶ。シェオールの深海行動傭兵部隊が、捜索をおこなう」

「待ってください」

「何をためらっている！　そもそもあんな無頼の傭兵をスタッフに加えるから、こういうことが起きるのだ」

「ですが、シェオール軍の介入は協議の対象です。わたしが勝手にそれを受け入れることはできない」

「馬鹿を言え」バントンは色をなした。

「アプサラはトップクラスの凄腕傭兵だ。あいつに対して、調査隊に何ができる。傭兵には傭兵。選択肢はひとつしかない」

「認められません」

「タッカー」

バントンは背後を振り返った。

「はっ」

ひとりの兵士が直立不動の姿勢をとった。

「すぐに呼集をかけろ。五九三部隊だ」

「はっ」

「少尉！」

「正念場ですぞ」バントンは船長に向き直った。

「ここで判断を誤ったら、遺跡調査は頓挫《とんざ》する」

「判断をするのはわたしです。少尉は、それに従っていただきたい」

「船長！」

船員のひとりが叫んだ。レーダーの担当者だ。

「どうした？」

「異常光点出現。大型の戦闘艦、潜水艦、ギグなど多数。本船を囲んでいます」

「なにっ！」

テオの顔色が変わった。

「迅速だな。我が軍は」

バントンがぼそりと言った。

「あらかじめ展開させていたのか？　軍を」

「人聞きの悪いことを言われては、困る」バントンは薄く笑った。

「たまたまこの近くの海域で作戦行動をしていただけだ。むしろ僥倖《ぎょうこう》だと言うべきだろう」

「ふざけるな。すぐに軍を引け。でないと、連合宇宙軍に出動を要請する」

「それは無理だ」

バントンは腰のホルスターからレイガンを抜いた。同時に背後にいた兵士たちがいっせいに動いた。前にでて、広がった。

船橋の船員たちを電磁手錠で拘束する。

「これより、〈ベセルダ〉は、我が軍の指揮下に入る」バントンが宣言した。

「全員、両手を首のうしろにまわして指を組め」

「馬鹿なマネはやめろ」テオが言った。

「シェオール政府が窮地に追いこまれるぞ」

「そいつは、どうかな」

「少尉」

兵士がひとり、バントンの横にきた。

「緊急信号が発信されました」

「なんだと？」

「レッドアラートです。船内のどこかからコンマ二秒だけ」

「クラッシャーだ！　ひとり残っていたはずだ。小娘のクラッシャー。すぐにあいつを捕まえろ」

「はっ」

体をひるがえし、兵士は船橋から走り去った。

「連合宇宙軍が動く」テオが言った。

「いまからでも遅くはない。武装を解除しろ」

「…………」冷ややかな目で、バントンは船長を見た。

「冗談は、好きじゃないんだ」

レイガンの銃口を船長の額に向けた。

「撃ちたければ、撃て」

テオは動じない。

「いやいや」バントンは首を横に振り、銃口を下げた。

「そんな野蛮なことはしない。しかし、きみは邪魔者だ。しばらく、船室に入っていてもらおう」

ふたりの兵士が、テオの両腕を左右から押さえた。

連行する。テオは逆らわない。船室に監禁なら、おとなしく従う。そのほうが打つ手が得られるだろう。そういう表情《かお》をしている。

「船長室は、事前に少し改造しておいた」バントンが言った。

「ちょっと室内が雑然としているかもしれないが、我慢してほしい。それと、鍵も変更されている」

「…………」

残った五人の兵士が、コンソール前のシートに腰を置いた。先ほどまでそのシートに腰かけていた船員たちは、電磁手錠を手首と足首にかけられて床に転がっている。

通信が入った。

「クラッシャーのアルフィン、発見できません」

兵士が言う。

「隠れたか」バントンの頰が小さく痙攣《けいれん》した。

「ドブネズミめ。こそこそ逃げまわるのだけは得意みたいだな」

「どうします？」

「放置しろ。作戦遂行が先だ。ただし、全員にクラッシャーの小娘の存在は伝えておけ。見かけたら、即射殺だ。捕獲する必要はない」

「はっ」

「隊長」

副官のミュール軍曹が船橋にやってきた。

「乗船したか？」

「いましがた」

「ミストひとりだな」

「そうです」

「では、ここの指揮はお前にまかせる。すべては予定どおりだ。変更はない」

「承知しました」

敬礼するミュールに向かって小さくうなずき、バントンはきびすを返した。

船室をでて、船尾側のデッキに向かう。

デッキに人影はなかった。かわりに巨大な銀色の物体が舷側に乗りあげていた。

ギグだ。名はシルバーバック。フィンを船べりにひっかけ、半身の体勢で船体にぶらさがっている。

シルバーバックの上部装甲がひらいた。パイロットがでてきた。グレイの戦闘服を着ている。髭面の小柄な男だ。

「よお」

バントンを見て、男は右手を挙げた。

ペグパウラ。いまのコードネームはミスト。オズマの傭兵である。

6

アルフィンは、壁の中にいた。

自分の船室の壁の中だ。

乗船し、部屋を割りあてられたとき、すぐにジョウが改造をおこなった。ジョウの船室とアルフィンの船室、その両方の壁に小部屋をつくった。急造のパニックルームである。船長の許可は得なかった。ディーラーにも伝えなかった。ジョウの独断でおこなった。護衛として、絶対に必要であると判断したからだ。いざというときは、ここにディーラーを隠すことができる。

入口は合金パネルでふさがれ、その前にベッドが置かれている。パニックルームとしてはかなり粗末で窮屈だが、それだけに、探す側にとっては予想しがたい盲点となる。緊急時に、まさか船室で籠城《ろうじょう》しているとは誰も思わない。

アルフィンは狭いパニックルームの中で膝をかかえて床にすわり、耳にかけた受信機で、送られてくる音声を聞いていた。船内二十か所余りに仕掛けた盗聴機の音声だ。これも、ジョウの指示でセットした。もちろん、いざというときに備えてである。そして、いまがそのいざというときだった。

異変を感じたのは、二十分ほど前のことだ。アルフィンはアッパーデッキにいた。アッパーデッキで、〈セドナ〉とアプサラの交信を聞いていた。船橋経由の中継音声で、これはディーラーと船長の許可を得ての傍聴だ。

いきなり交信が切れた。最初は通信機器の故障かと思った。それほどに唐突だった。すぐに船橋に状況確認をした。通信機で〈ベセルダ〉の通信士を呼びだした。

船橋は混乱していた。回線はつながったが、アルフィンの問いかけには応じてくれない。それどころではないという雰囲気だ。船長の声や、船員のやりとりが小さく聞こえる。

アルフィンの背後で足音が響いた。アルフィンはうしろを振り返った。

シェオールの兵士が数人、走り去っていく。

向かう先は。

船橋楼だ。銃を手にしている。

反射的に、アルフィンは動いた。

何が起きたのかは、まだわからない。

わからないが、ここにいてはよくない。何が起きたのか、はっきりするまで、いったん身を隠したほうがいい。それから、どうするのかをタロスと相談しなければいけない。

そう直感した。

となれば、行くのは、あそこだ。自分の船室だ。

パニックルームにもぐりこんだ。手間どったが、内側からロープで引いてベッドの位置を戻し、壁のパネルもきちんと閉じ直した。その間にも、船橋での会話がアルフィンの耳に入ってくる。

バントン少尉が船員たちを拘束し、〈ベセルダ〉を乗っ取った。シェオールの援軍も勝手に呼んだ。

もはや一刻の猶予もない。すぐに手を打たないとだめだ。

アルフィンは緊急時の専用通信機を破壊した。相談は無理だが、これで〈ベセルダ〉がただならぬ事態に陥ったことは、〈ミネルバ〉に伝わる。

バントンが船橋からでた。

どこへ行くのか?

アルフィンは、盗聴機の音声を拾った。二十数か所、ひとつずつチェックする。十七回切り換えたところで、バントンの声が飛びこんできた。

「……ようやく合流できたな」

「やきもきしてたぜ。ちっともお呼びがかからないので」

バントンとは違う声も入った。はじめて聞く声だ。誰かは、わからない。

アルフィンは盗聴機の位置を確認した。船尾だ。デッキ上でふたりが言葉を交わしている。

バントンの相手は、外部からの侵入者だ。おそらくは、援軍の兵士。それをバントンが乗船させた。

「まさかディーラーがアプサラを雇ってしまうとは思っていなかった」

「作戦参謀でも、学者先生の頭の中までは読めないということか」

「結果よければ、すべてよしだ。〈ベセルダ〉は完全に俺たちの指揮下に入った。これなら、大佐も文句はないだろう」

「大佐はすでにこの海域にきている。〈セドナ〉の追跡はキングにまかせた。あいつの船なら、超深海でも問題ない」

「大丈夫なのか？　あいつにまかせて」

「それを言うなら、俺もオズマの傭兵だ。金で結束している以上、条件はみな同じだろ。裏切ったら、さっさと始末すればいい」

「たしかに」

「それより、シェオールはどうなんだ？」

「何も気がついていない。政府の首脳は馬鹿ぞろいだ。軍も、まともなやつはみな大佐に従った。これで、この内戦にも決着がつく」

電子音が鳴った。通信機の呼びだし音だ。

「どうした？」

バントンが応答した。

「……なに？……わかった。処置しろ」

「何かあったのか？」

「盗聴されている。〈ベセルダ〉では使用されていない周波数の電波が船内でキャッチされた。いま遮断する」

「盗聴？　誰が？」

「クラッシャーだ。ひとり隠れている。そいつだ。間違いな――」

そこで、いきなり声が切れた。盗聴機の電波が遮断された。

これでもう情報は得られない。

しかし、いろいろなことがわかった。

マルガラスには第三勢力がいる。オズマでもなく、シェオールでもない、強力な軍事集団だ。

かれらはオズマ、シェオール双方からその組織に参加し、結託してマルガラスの覇権を奪おうと画策している。

どうすればいいのか？

アルフィンは自問した。

いま、彼女にできることは何もない。

唯一の望みは、緊急信号だ。あれが〈ミネルバ〉に届いていれば、タロスが動く。絶対に動く。

それまでは、ここにこもって何もしない。息をひそめ、音も立てず、膝をかかえて凝固する。

ジョウ。

アルフィンは目を閉じ、首うなだれた。

無事だろうか。とつぜんの通信途絶が気にかかる。それに、アプサラだ。彼女の存在もアルフィンの心をざわつかせる。深海底での予期せぬ異変。さらには、シェオールの軍人たちによる反乱。アルフィンひとりでは何もできない。無力感が募る。

時間が過ぎた。

どのくらい、そうしていただろうか。

ふいに、けたたましい金属音が、アルフィンの耳朶を打った。

船室の扉が破壊される音。

多人数の荒々しい足音が、それにつづく。

ついにきた。

アルフィンはおもてをあげ、唇を噛んだ。最終的には発見される。それはわかっていた。船内の主《おも》だったところに見当たらなければ、必ずここにくる。きたら、間違いなく……。

ベッドが吹き飛ばされる音が空気を震わせた。

照明がさしこんだ。

壁のパネルが横にひらき、帯状の光がアルフィンの顔を照らしだす。

「いたぞ！」

声があがった。同時に、レーザーライフルの銃口がアルフィンの眼前に突きだされた。

これまでね。

両手を挙げ、アルフィンが立ちあがろうとしたとき。

どおんというショックがきた。

船が揺れる。突きあげるような衝撃が、船体を上下させる。

「うおっ」

レーザーライフルを構えた兵士がうろたえた。銃口がアルフィンからそれ、宙を泳いだ。

「！」

アルフィンが腰のホルスターからレイガンを抜く。

トリガーボタンを絞り、床のすぐ上を真横に薙《な》ぎ払った。

「があっ！」

悲鳴を発し、兵士がもんどりうった。ひとりではない。三人の兵士が膝下をレイガンの光条に灼かれて床に転がった。

すかさず壁の中から飛びだし、アルフィンは、兵士たちが落とした武器をレイガンで灼く。身を起こそうとしている兵士は、側頭部を蹴り飛ばした。

そのままダッシュし、通路にでた。

どっちへ行くか？

左手首に装着された通信機が震えた。状況が状況なので、着信コールをバイブ設定していた。

「受信」

通信機に向かって言う。

「アルフィン！」

リッキーの声が響いた。

「いまどこ？」

「アッパーデッキだ。タロスが暴れてる」

「すぐ行くわ」

「了解！」

きてくれた。

これで、逆転できる。

アルフィンは通路を全速で駆けぬけた。

第四章　黒い人工島

1

〈ミネルバ〉が降下する。

大気圏に突入した。高度一万メートルで水平飛行に入った。マルガラスを一周して、〈ベセルダ〉の上空へと戻る。

「キャハ。〈べせるだ〉ヲ捕捉」

ドンゴが言った。メインスクリーンに映像を入れた。

「なんだ、あれ？」

リッキーが驚きの声をあげた。

「潜水艦とギグだ」

タロスが言った。

「めちゃ多い。〈ベセルダ〉を取り囲んでいるぜ」

「所属、船籍、不明デス。キャハ。確認デキタ総数ハ、攻撃型潜水艦ガ三隻、ぎぐガ三十六体」

「何が起きてるんだ？」

「そいつをたしかめに行くんだろ」

リッキーが、シートから立ちあがった。

「情報収集は重要だ！」

先を越され、タロスがあせった。

「考えるな、動けのタロスが？」

「るせえ！」

ふたりそろって、操縦室から飛びだした。

通路を抜け、格納庫に向かう。船内重力は〇・二Gだ。ふたりは跳ねるように進む。

格納庫に入った。エアロックをめざす。扉をあけ、中にもぐりこんだ。

ハンドジェットがあった。壁に吊るされている。二機をタロスは把《と》り、床に降ろした。

リッキーが一機を背負う。タロスも背負った。タロスは、大型のヒートガンを両手でかかえた。リッキーはグレネードランチャーを手にしている。

「行くぞっ！」

「準備完了」

タロスが握った拳で、スイッチを打った。エアロックがひらいた。

甲高い音が鳴り響き、外と内の空気が入れ替わる。と同時に、まずリッキーがジャンプした。すかさず、タロスがそれにつづく。

〈ミネルバ〉の高度は千メートルを切っていた。眼下には海が広がる。

折り畳まれていたハンドジェットの翼が左右に伸びた。噴射音が轟《とどろ》く。

タロスが前にでた。大きく旋回しながら、高度を下げていく。リッキーはタロスを追う。

「こちら、クラッシャーのタロス」

タロスが通信機のスイッチをオンにした。

「〈ベセルダ〉だ。なぜ衛星軌道を離脱した。契約違反だぞ」

「緊急信号を受信した。護衛として、正当な行動だ」

「緊急事態になど至っていない。衛星軌道に戻れ」

「あんた誰だ？」

「…………」

「船長じゃねえな」

「…………」

「だんまりか？　まあいい。こっちは連合宇宙軍の公式任務として降下した。そっちの許可なく、乗船する。その権利を有している」

「…………」

一方的に宣言し、タロスは通信機をオフにした。これで確認できた。明らかに〈ベセルダ〉では異変が生じている。そもそも、いまの応答それ自体が異常だ。相手が誰かは知らないが、へたな芝居を打とうとして馬脚をあらわした。

瞳を凝らした。

〈ベセルダ〉が見える。海上に突きだした潜水艦の司令塔も視認できる。〈ベセルダ〉の船尾側デッキにひっかかっている異物は、どうやらギグのようだ。

「すげーことになってるな」

タロスはつぶやいた。まるで他人事のような口調になった。

後方にちらと目をやり、タロスは右手を横に突きだした。指でリッキーに信号を送る。撃ってくるぞ。必死でかわせ。強攻突入して、アッパーデッキに降りる。

返事は聞かない。通じたものとして、タロスはハンドジェットの出力を操作した。

高度を下げる。一気に〈ベセルダ〉をめざす。

船上が光った。レーザーライフルだ。アッパーデッキの兵士が、撃ってきた。

「けっ」

でいる。タロスは螺旋《らせん》状に動く。狙いを絞らせない。リッキーは、その背後でジグザグに飛ん

高度三百メートル。

ヒートガンをタロスは構えた。撃たれたら、撃ち返す。これがタロスの原則だ。

照準をセットし、トリガーボタンを押した。

火球が疾った。

連続して、撃つ。撃ちながら、アッパーデッキめがけ突っこんでいく。そのすぐ脇を

レーザーの光条がかすめるが、気にしない。これはもう一種のチキンレースだ。ひるん

だほうが負ける。

〈ベセルダ〉のアッパーデッキで火球が炸裂した。オレンジ色の火の玉が、船上で丸く

広がった。

ぐうんと〈ベセルダ〉が迫る。

反転し、制動をかけた。もう兵士たちは撃ってこない。火球に怯え、逃げた。

着地する。強引なランディングだ。最後はアッパーデッキの二メートル上空で噴射を

切った。

タロスの巨体が、アッパーデッキ上に落下した。二本足での着地だが、その勢いはア

ッパーデッキを踏みぬかんばかりである。膝を曲げ、腰を低くして、タロスはその衝撃

に耐えた。

わらわらと兵士たちがでてくる。いったんは火球に恐れをなしたが、標的が目の前にきたら、迎え撃つほかはない。

「くらえっ」

タロスの頭上に、リッキーがいた。リッキーはまだハンドジェットで旋回している。その手には、グレネードランチャーがある。

手榴弾を射出した。立てつづけに十発を兵士たちの中に撃ちこんだ。

爆発音が轟く。爆風で船が揺れる。兵士たちが、ひっくり返る。

リッキーがアッパーデッキに降り立った。タロスもリッキーも、ハンドジェットの解放ボタンを押した。ふたつに割れ、ハンドジェットがデッキの上に転がった。

リッキーはグレネードランチャーを投げ捨て、腰のホルスターからレイガンを抜く。

タロスはヒートガンを乱射していた。撃ちながら、前進している。その先には船橋楼がある。リッキーは手首の通信機をオンにした。

「アルフィン！」

叫ぶ。

すぐに反応が返ってきた。

「いまどこ？」

間違いなく、アルフィンの声だ。無事だった。

「アッパーデッキ。タロスが暴れてる」

リッキーは言った。そうとしか言いようがない。アッパーデッキは、そこらじゅうが火の海だ。消火ロボットがでてきて、自動消火を開始している。もちろん、その存在を考慮したうえでの無差別火球攻撃だ。

「すぐ行くわ」

アルフィンが言った。

「了解!」

リッキーはタロスを追った。

「タロス! アルフィンがこっちに向かってる」

「生きてたか?」

「たぶん」

タロスは自分の通信機のスイッチを入れた。

「アルフィン。こっちは船橋楼に向かう」

吼えるように怒鳴って、スイッチを切った。

アッパーデッキを、ふたりのクラッシャーが駆けぬける。

扉があった。リッキーが先に見つけた。

「タロス、あそこ！」

指差して、言う。船橋楼に入る扉だ。

「突っこむぞ！」

タロスが扉の前に向かった。

ヒートガンを構える。扉をぶちぬくつもりだ。

そのとき。

轟音とともに、扉が吹き飛んだ。内側から爆風が噴出した。

「あぶねえ」

転がってくる扉の破片をタロスがぎりぎりでかわした。

扉の奥から、誰かがでてくる。

金色の長い髪。赤いクラッシュジャケットを着ている。

「アルフィン！」

リッキーが叫んだ。タロスの背後にいたリッキーは、爆風の直撃を免れた。

「タロス！　リッキー！」

アルフィンが前方に向かって身を投げた。デッキの上をアクロバティックに前転する。

そのうしろから光条がきた。

レーザーライフルによる、数十条もの一斉攻撃だ。

「ちっ」

「うひゃっ」

爆風のつぎはレーザービームの嵐だ。タロスとリッキーは、あわてて身を伏せた。

「追われているのよ」

アルフィンがきた。転がったあと、匍匐《ほふく》前進で、ふたりのもとにたどりついた。

扉の外に、兵士が姿をあらわす。総勢七人。

すかさずタロスがヒートガンで反撃した。逃げまわるアルフィンだけを標的にしていた兵士たちは、この反撃を予想していなかった。

火球を浴びて、兵士たちが悶絶する。

「こっちへ！」

アルフィンが立ちあがり、タロスの腕をひっぱった。

「船橋に行くんじゃないのか？」

「無理っ」扉とは反対のほうにアルフィンは走りだそうとしている。

「増援がきて、あっちはいま二百人くらいいる」

「ちっくしょう」

うなりながら、タロスも立った。

「どうなってんだよお！」

リッキーが言った。

2

走った。とにかく走った。アルフィンが先頭を切る。そのうしろにタロスとリッキーがつづく。隠れる場所のあてがあるらしい。どこに行くにせよ、勝負は、いまこの一瞬だ。ヒートガンの火球を浴びて倒れた兵士が起きあがったり、後続の兵士が船橋楼からでてきたら、逃げ場はなくなる。

「ここよ！」

アルフィンの足が止まった。デッキの一角を指差した。

そこにハッチがある。セカンドデッキに降りるためのハッチだ。

しゃがみこみ、アルフィンがハッチをひらいた。

「下に行くのか？」

タロスが訊いた。

「ほかにどうするの？　海にでも飛びこむ？」

「そいつはちょっと……」

「だったら、ついてきなさい」

「はい」

アルフィンがハッチに入った。タロス、リッキーも、それに倣《なら》った。

狭い階段を駆け下る。調査船は軍艦より居住性を重視しているが、それでも客船のような豪華設備はない。設計はあくまでも機能優先だ。

セカンドデッキに着いた。だが、そこはアルフィンの目的地ではない。さらに下へと階段を下る。

サードデッキも通過した。その階下は貨物倉だ。〈ベセルダ〉の最下層である。

「どんづまりだぞ」

タロスが怒鳴った。声が反響する。貨物倉にはさまざまな機材がところ狭しと置かれている。

「わかってるわよ」アルフィンが言った。

「でも、もうここしかないの」

「たしかに兵士はいないけどね」

リッキーが言った。レイガンを手にして、左右に目を配っている。

機材の隙間をアルフィンが速足で進んだ。そこかしこにモニターカメラがある。それをアルフィンは巧みによけていく。事前調査は完璧らしい。

「ここよ」

小声で言って、アルフィンがあごをしゃくった。

壁に扉がある。

身をかがめ、アルフィンは扉に近づいた。

ノックする。扉の下のほうだ。軽く叩いて、すぐに後方へと身を引いた。

扉があいた。男がひとり、でてきた。きょろきょろと首を振った。

アルフィンを見つけた。アルフィンは床にひざまずき、人差指を立てて唇にそれを当てている。

その意味に気づき、男はアルフィンの前に移動して膝を折った。

「どうしたんです？」

低い声で問う。

「〈ベセルダ〉が乗っ取られたの」

「えっ？」

「バントンが反乱を起こした。船長も船員も、みんな拘束されてしまった」

アルフィンが現況を簡単に説明した。

「…………」

男は絶句している。

「こいつ、誰だ？」

タロスがアルフィンに訊いた。

「ソイバート。潜水艇のパイロットよ」

「いま、ジョウが操縦しているやつか？」

「ええ。ジョウが搭乗したので、サポートにまわってもらったの」

「サポートってなんだよ？」

リッキーが訊いた。

「〈ベセルダ〉には二隻の潜水艇が搭載されているわ。〈セドナ〉と〈ドニエ〉。知ってるでしょ。あたしたちが持ちこんだ、アラミスから移送されたやつが〈ドニエ〉。いざというときは、それで出動してもらうことになってた。だからサポート」

「そうか、あいつがあったか」

タロスが身を乗りだした。

「しっ。声が大きい」アルフィンがタロスを睨む。

「音声を拾っている可能性もあるのよ」

天井にはめこまれたモニターカメラを指差した。

「わりぃ」

「格納庫に〈ドニエ〉があるわ」アルフィンは言を継いだ。

「限界深度は五千メートルだけど、五人乗り。ジョウのもとには行けない。武器も積んでない。でも、〈ベセルダ〉からの脱出はできる」

「そういうことか」

　タロスはうなずいた。

「〈ドニエ〉で脱出――」

　うなるように、ソイバートが言った。

「むずかしい？」

　アルフィンが訊いた。

「〈ベセルダ〉はギグと潜水艦に囲まれているんですよね」

「ああ、ばっちりとな」

　タロスが言った。

「急速潜航して、追いつかれる前に二千メートル以上降下できれば、あるいは」

「んなこと、できるのかい？」

　リッキーが口をはさんだ。

「性能的には、なんとかなるはずです」ソイバートが答えた。

「小型ですが、〈ドニエ〉は頑丈にできてるので」

「じゃ、やろう」タロスが言った。

「俺たちは、なんとしても追撃を振りきって、この状況を上の艦隊に伝えなくちゃいけない。可能性があるのなら、なんでもやる」

「ジョウの救助も忘れちゃだめよ」アルフィンが言った。

「絶対に〈セドナ〉は何かのトラブルに巻きこまれている。助けられるのは、あたしたちだけ。ほかには誰もいない」

「わかってる」タロスがうなずいた。

「よおく、わかっている。だが、いまはまずここからの脱出だ。つぎが連合宇宙軍への報告。ジョウはそのあとだ」

「…………」

「タロス、時間がやばい」

リッキーが言った。

「ソイバート」タロスが視線を移した。

「〈ドニエ〉を発進させてくれ」

「わかりました。ついてきてください」

身をかがめたまま、ソイバートがきびすを返した。モニターカメラの死角を選び、慎重に歩きだした。

そのあとをクラッシャーの三人が追う。タロスとリッキーが、暗い表情のアルフィンをあいだにはさんだ。

小さな扉があった。パネルにソイバートがてのひらを押しあてると、ロックが解除された。

扉をあけ、くぐる。

その向こう側が、潜水艇の格納庫になっていた。格納庫はドックを兼ねている。注水し、ハッチをひらくと、潜水艇はそのまま船外にでられる。注水作業は、もちろん船橋で監視されている。作業開始と同時に、何が起きたのかを反乱軍に察知される。

四人が〈ドニエ〉に乗りこんだ。当然のことだが、船内は極限まで狭い。シートに着くと、ひとり残らず身動きできなくなる。巨漢のタロスは、シートに腰を納めるのにも一苦労した。

「注水にかかる時間は？」

リッキーがソイバートに訊いた。

「五分もあれば」

「微妙な時間だな」

タロスがつぶやく。

「準備完了です」

ソイバートが言った。

「やってくれ」

海水がドック内に入ってきた。

その直後。

警報が鳴った。格納庫の照明すべてが赤い点滅に変わった。船橋が格納庫の異常を知った。

艇内の空気に緊張がみなぎった。

サポートとして待機している潜水艇が、ドックに注水して発進しようとしている。何が起きたのかは明らかだ。誰でも瞬時にわかる。当然、兵士が大挙してここに向かってくる。

長い五分になった。

一秒が一時間くらいに感じられる。格納庫のハッチは、水量が決められたレベルに達しないとひらかない。

潜水艇がぐらりと揺れた。海水に乗って浮いたのだ。が、まだハッチは閉じたままだ。

格納庫に兵士がくる。船の外にも、ギグや潜水艦がまわりこんでくる。

タロスは焦《じ》れた。リッキーも、アルフィンも、ソイバートも。

焦れて焦れて、焦れきったとき。

ハッチが動いた。船外に向かって、大きく倒れるようにひらいた。

すかさず、ソイバートがエンジンを始動させた。

〈ドニエ〉が前進する。ハッチから流れこむ大量の水に逆らい、海中へと躍りでた。バラスト位置を変え、ソイバートは〈ドニエ〉の船首を下に向ける。エンジンは全開だ。

常識外の急速潜航である。

「ギグだ。ギグがくる！」

リッキーが叫んだ。その正面にスクリーンがある。そこに光点がいくつか映っている。

「深度三千メートルがゴールラインです」ソイバートが言った。

「ギグがまともに動けるのは二千メートル程度。三千メートルまで潜ったら、もう何もできない。それは戦闘潜水艦も同じです」

「深度五百」

アルフィンがカウントした。

「ギグとの距離、三百」

リッキーが言う。

「速度差は？」

タロスがソイバートに訊いた。

「互角。……いや、向こうがちょっとだけ速い」

艇内で異音がぎしぎしと響く。甲高い警報音もけたたましく鳴っている。異常降下に対する警報だ。心なしか、船体が小刻みに振動している。

「深度千」

アルフィンが言った。

3

浮上した。

海面にでた。深度百五十二メートルというのは、本当だった。気がつくと、〈セドナ〉はもう海上に浮かんでいる。

「海水の成分も大気成分もマルガラスのそれと合致している」ディーラーが言った。

「ぼくたちがいるのは、間違いなくマルガラスの海だ」

「レーダーは反応なし。ソナーも無効だ」ジョウがつづけた。

「環境はマルガラスだが、ここが本当にそうなのかは断定できない」

「通信機もだめになっている」

スクリーンのひとつをディーラーは指差した。その画面は白いノイズで埋めつくされている。

「ハードの故障じゃないな」

　ジョウがつぶやいた。

「完全に理解不能状態だ」ディーラーは小さく肩をすくめた。

「とりあえず、どうしよう？」

「前進する」

「前進？」

「どこに向かっていいのかわからないのなら、まずはこのまままっすぐに進む。とはいえ、まっすぐに進んでいるのかどうかも確認できないかもしれないが」

「へたをすると、同じ場所で円運動だ」

「スクリーンの映像を頼りにやってみる」

「目印は皆無だぞ」

　ディーラーは外部カメラの映像をメインスクリーンに入れた。

　グレイ一色の、何も映っていない映像だ。かろうじて、画面の下半分に海面があることがわかる。水平線は見えない。空と海との境界は曖昧で、行手はどう見てもモノトーンの壁である。

　ジョウはスクリーンを四面マルチに切り、〈セドナ〉の四方をモニターした。速度は時速三十キロ前後。速くはないが、ゆっくりというほどでもない。

　二十分が経過した。

画面に変化は何もない。

灰色の世界が、どこまでも広がっている。

本当に前に向かって進んでいるのだろうか？

やはり、同じ場所をぐるぐるまわっているだけなのか？

ふたりがそう思ったとき。

「あっ！」

ジョウが声をあげた。

「どうした？」

「陸だ」

「なに？」

「こいつだ」

四面のうちの一面を拡大した。映像がスクリーンいっぱいに広がった。

灰色の世界に、黒い横筋が出現している。

水平線が生まれ、曖昧だった空と海との境が明確に区切られた。

そんな感じである。

水平線をつくったのが、陸だ。右から左へと、画面をきれいに二分割している。

「距離は？」

　ディーラーが訊いた。

「わからない」ジョウは首を横に振った。

「電波も音波も吸収されてしまう。測定するすべがない」

「じゃあ」

「とにかく、この方角に向かおう。まっすぐ行けば、いずれぶち当たる」

「目標ができただけ、堂々めぐりよりはマシってとこか」

　ディーラーは苦笑した。

〈セドナ〉が前進する。速度を限界まであげた。

　黒い横筋の輪郭がはっきりしてきた。

　見る間に形がととのっていく。明らかに人工的な形状だ。ディーラーが映像をズームさせた。

「岸壁に見える」

　うなずきながら言った。

「天然石だろうか？」ジョウも瞳を凝らした。

「表面の色は緑がかったグレイだ」

「近づく前に分析したい」

「ないものねだりは、やめよう。このまま、一気に接近する」

「仕方ないな」

行手の視界が、あらたな壁でふさがれた。

前の壁は灰色の霞《かすみ》にすぎなかったが、今度の壁には確とした実体がある。

海面からの高さは十メートル前後といったところだろうか。映像で見る限り、左右に
えんえんと広がっている。

「埠頭と呼ぶには聳《そび》え立ちすぎている」ディーラーが言った。

「切り立った垂直の壁だ。横づけしても、上陸できない」

「人工の建造物であることは間違いないと思う」ジョウが言った。

「ならば、どこかに入りこめる余地があるはずだ」

「壁に沿って、進むのか?」

「そうだ」

ジョウは舵を切った。壁との距離は目測で三十メートルほど。左に旋回し、その距離
を保って、ジョウは〈セドナ〉をゆっくりと走らせた。

予想が当たった。

壁が終わった。

曲がり角なのか?

ジョウはそう思った。しかし、そうではない。前方に、またべつの壁がある。河口と

いうか、入江というか。どうやらこれは壁の内側へと入りこむための運河のようだ。幅はざっと百メートル。波やうねりはない。海面は穏やかだ。

「進入する」

ジョウが言った。

「真ん中を通ってくれ。あまり壁には寄るな」

ディーラーは指示をだした。

今度は右旋回だ。ジョウの目はスクリーンの映像に釘づけになっている。一瞬たりとも視線をそらさない。

「これは明らかに先史文明の遺跡だ」ディーラーの目も、ジョウのそれとは違う意味でスクリーンに釘づけになっている。

「壁の上にあがりたい。何があるんだろう？」

「上陸するのなら、壁が低くなってくれないとだめだ。少しずつ低くなっていくことを祈るといい」

数分、進んだ。

左右の壁は低くならない。同じ高さで、まっすぐに前方へとつづいている。

「どういう世界なんだ、ここは」ディーラーが言った。

「太古の昔に滅んだままには見えないのだが……」

「手摺りにつかまれっ！」

とつぜん、ジョウが叫んだ。

「え？」

ディーラーがとまどう。

その直後。

衝撃がきた。

巨大な波がとつぜん生じた。

〈セドナ〉のななめ前方で湧きあがり、その船体を直撃した。

左右上下。〈セドナ〉が激しく揺れる。

「な、なんだ？」

ディーラーはコクピット横の手摺りに両手でしがみついている。

「何かがでてきた！」ジョウが言う。

「海の底から」

それは、スクリーンに映っていた。

生物だ。

超大型海獣。

グロテスクなシルエットが、画面全体をほぼ完全に覆っている。

ぬめぬめとしたオレンジ色の皮膚。いぼだらけの細長い頭が海面にぬうっと突きだしている。その身の丈は、ざっと十二、三メートルといったところか。黒くて丸いふたつの目が、こちらをまっすぐに睨みつけている。

「ブロヌス」

ディーラーが言った。

「知ってるのか?」

「マルガラスの原生生物だ。水棲の哺乳類。マルガラスに陸棲哺乳類はほとんどいない。水棲哺乳類は巨大化する傾向がある。餌となる魚類が豊富にいるからだ。しかし、こんなにでかいやつははじめて見た」

ブロヌスが口を大きくあけ、咆《ほ》えた。その音をマイクが拾う。ハウリングに似た、金属音だ。口の中には鋭い牙がびっしりと生えている。

「こいつ、〈セドナ〉を昼飯だと思っているぞ」

ジョウが言った。

「どうしよう。〈セドナ〉は武器を搭載していない」

「照明弾は射出できる。それが効くのなら、やってみる。だめなら、ハッチをひらき、俺が外にでてレイガンで迎え撃つ」

ブロヌスが威嚇行動をつづけている。肩のあたりから突きだしているのは、腕ではなく、ヒレだ。そのヒレを左右に大きく振り、目の端を高く吊りあげて咆哮《ほうこう》を撒き散らす。

あまりの音量に、ジョウはボリュームを絞った。これは聞くに耐えない、不快な騒音だ。

「射出するまでもない。照明弾では力不足だ」シートのロックをジョウは外した。

「やっぱり俺が外にでる」

「待て!」

ディーラーが止めた。

ジョウの腕をつかんだ。

「ぐがっぎゃ」

とつぜんブロヌスの声が変わった。

スクリーンに目をやると、ブロヌスが上体をのけぞらせ、ヒレを上下にばたつかせている。

「ぎゃぎゃぎゃぎゃぎゃぎゃ」

咆哮が悲鳴になった。明らかに苦しんでいる。

黒い影が、画面をよぎった。

そのシルエットは。

ウオーラス。

4

また飛ばされた。

アプサラは、そう思った。

壁に吸いこまれた直後、ウオーラスのシステムが一瞬ブラックアウトし、すぐにもとに戻った。

いまは海中にいる。

マルガラスの海だ。成分が一致した。

壁を抜けたその向こう側がマルガラスの海だったのか。それとも、海水とともにまったく違う空間に移動してしまったのか。

それはわからない。

センサーが死んでいる。通信機も役に立たない。

海上にでた。驚いたことに百五十メートル上昇したら、そこが海面だった。ウオーラスを小さく旋回させ、まわりの様子を見渡してみる。

何も見えない。

視界に映るのはグレイの霧だけだ。

方角の見当がつかない。

距離感もない。

「どこなの？　ここは」

つぶやくように、アプサラは自問した。

「位置情報が入手できません」ウオーラスが答えた。

「ハイパーウェーブを含めて、すべての電波が遮断されています」

「ソナーに反応は？」

「海底には届きません。しかし、魚類、海獣類とおぼしき反応は返ってきています。海中に生命体は存在するようです」

「〈セドナ〉の反応もないのね？」

「ありません」

打つ手なしだ。

どうしようもない。

ウオーラスを停止させ、アプサラは目を閉じた。

まずは、心を落ち着かせる。動揺しているわけではないが、あまりにも異常な事態がつづきすぎた。とにかくいまは常よりも冷静でありたい。精神を砥ぎ澄ませ、事象の本質を見極める。そういう姿勢が重要だ。

深呼吸をする。

雑念を払い、心拍数を下げる。

イメージが浮かんだ。

なぜ、ここでイメージが？

イメージの中に、曖昧模糊《あいまいもこ》とした〝何か〟がいる。

イメージに、ウフロのシルエットが重なった。

これは。

アプサラ自身のイメージではない。

違う存在のイメージが、アプサラの意識にまた流れこんできている。

「何が言いたいの？」

アプサラが問う。

イメージが揺らぐ。

誘っているという感じだ。一定の方角に、イメージが移動していく。そんな気がする。

閉じていた目を、アプサラはゆっくりとひらいた。

このまままっすぐだ。

目印はない。視界もグレイのまま変化はない。しかし、行くべき方角がわかる。イメージが、それを示している。

「前進して」

アプサラは言った。

「了解しました」

ウオーラスが答えた。

ギグが再び動きだした。

海面を滑るように進む。

「コースは、あたしが決めるわ」

レバーを握った。アプサラが舵を操る。すべてのセンサーが効かず、目印もないこの状態では、いかに高性能なシステムといえども、海上を直進することはできない。

ウオーラスの計時で七十四分後。

アプサラの眼前に、岸壁があらわれた。

「潜航」アプサラが指示を発した。

「深度十メートルを維持」

ウオーラスが海中に沈んだ。

岸壁を右に見て、アプサラはウオーラスを前進させる。ライトで照らした海中は、霧に包まれた海上よりも視界が広い。

しばらく進むと、岸壁が切れた。右に向かい、直角に折れている。

そのまま右に進路を転じた。何も考えなかった。なぜか、自然にそうした。見えない存在に弄《もてあそ》ばれているのかもしれない。

そして。

ブロヌスにでくわした。

巨大な海獣だ。もちろん、アプサラはよく知っている。このサイズの個体にも、何度か遭遇した。弱点はわかっている。首の付け根に神経叢《そう》がある。そこが傷つくと、急速に動きが鈍る。

ブロヌスは何かを襲っていた。海面に浮かぶ紡錘形の物体だ。

「〈セドナ〉です」ウオーラスが言った。

「この距離なら、センシング可能です」

反射的に、アプサラはレバーを操作した。一気にウオーラスを浮上させた。

間合いが詰まる。ブロヌスに迫る。

フィンを構えた。ブロヌスはウオーラスの接近に気がついていない。

突進し、体当たりした。ウオーラスのフィンがブロヌスの首をえぐった。

「ぐがっぎゃ」

ブロヌスが絶叫する。

アプサラはウオーラスを反転させた。

ブロヌスから離れ、海上に躍りでて空中で弧を描いた。その眼下には、〈セドナ〉がいる。

着水した。

ブロヌスが暴れている。首の付け根から血を流し、ヒレを震わせて、のたうっている。

海中に沈んだ。その巨体が、海底めざして潜っていく。

追う必要はない。アプサラは判断した。ブロヌスは戦意を喪失した。神経叢に受けた傷は深手ではない。アプサラは、ある程度、手加減した。殺す気はないのだ。こちらを強力な敵だと認識し、おとなしく逃げ去ってくれれば、それでいい。

「アプサラ！」

音声通信が入った。〈セドナ〉からだ。いま現在、彼我の距離は二、三十メートルほど。ここまで近づけば、ややノイジーだが、交信も可能になる。

「ディーラー、無事なの？」

返信した。

「無事だ。船体に損傷はない」

「どこにいた？　どこからきた？」

ジョウの声が横から入った。

「それ、あたしにわかると思う？」

逆に、問いを返された。

「…………」

「あなたたちも、なぜそこにいるのか、説明できないんでしょ」

「そうだ」ディーラーが答えた。

「ぼくたちが知らない、超絶のテクノロジーがここにはある」

「先史文明の遺産？」

「結論はまだだせない。しかし、その可能性は高い。この岸壁は、明らかに非人類の手になる構築物だ」

「あたしたち、招かれたのかしら」

「歓迎されているとは、とても思えない」

ジョウが言った。

ここでウオーラスが浮上し、海面にでて〈セドナ〉に並んだ。距離はほぼ五メートル。ここまでくると、映像もキャッチできる。

「上陸しよう」通信スクリーンに、ディーラーの顔が映った。

「〈セドナ〉の中にいたんじゃ、何も調べられない。ギグの力を借りれば、あの岸壁の上にあがれるはずだ。アプサラ、ぼくをあそこに運んでくれ」

頭上に向かって指を差す。

「危険すぎる。護衛としては、賛成できない」

ジョウが反対した。

「もちろん、きみも一緒に行くんだ」

「〈セドナ〉はどうする？」

「アプサラにまかせる。そんなに長時間離れるわけじゃない。あの上がどうなっているのかを自分の目で確認したいだけだ。確認して、とくに見るべきものがなければ、すぐに戻る」

「疑わしいな」

「まずいと思ったら、きみが力尽くでぼくを〈セドナ〉に戻せばいい。それを、いまこの場で許可するよ。アプサラが証人だ」

「その証人、辞退するわ」

「だめだめ。これも、仕事の内」

「もういい」ジョウが口をはさんだ。

「止めても、どうせ行くに決まっている。時間の無駄は省こう……アプサラ」

「でるのね」

「〈セドナ〉を岸壁に寄せる。ぶつからないようにサポートしてくれ」

「そのあとは？」

「上部ハッチをあけ、ウオーラスにふたりでしがみつく。それしかない」

「かなりリスキーよ。岸壁の上にジャンプするんだから。それと、〈セドナ〉のサポートもできなくなる」

「離脱したら、自動操縦で〈セドナ〉は微速移動させる。俺たちを上にあげたら、すぐに戻って押さえてくれ」

「あわただしい作戦」

「仕方がない。クライアントのわがままに応えるのもプロの条件だ」

「そうそう。さっそくやってくれ」

ディーラーが言った。

自動操縦をセットし、ジョウとディーラーが〈セドナ〉から外にでた。ジョウはクラッシュパックを背負っている。クラッシャー専用の背嚢《はいのう》だ。硬質プラスチックでできており、中には、武器やサバイバル用品が詰めこまれている。

最初に、ディーラーがウオーラスに向かって跳んだ。フィンの付け根にしがみついた。ウオーラスは向きを変える。

ジョウが跳んだ。ディーラーがつかんだのとは反対側のフィンにぶらさがった。

ふたりの体勢がととのったのを確認し、ジェット噴射でウオーラスは海面からジャンプした。瞬間的な噴射だが、その加速はすさまじい。

「うあっ」

ディーラーは悲鳴をあげた。

岸壁の上空へとウオーラスが躍りあがる。垂直に上昇し、わずかに水平移動する。

精いっぱいのソフトランディングで、ウオーラスは岸壁の上に立った。

着地と同時に、ジョウとディーラーがウオーラスから飛び降りる。下は土や草地ではない。岸壁と同じ素材の黒っぽい人工岩盤だ。表面は平らで、少しざらついている。

ウオーラスが再度ジャンプした。

海中に戻った。

5

「さて」ディーラーが周囲を見まわした。

「探険スタートだ」

「何もないぞ」

ジョウが言う。霧は晴れていない。行手に白い壁がぼんやりと広がっている。海上と同じだ。

「ないなら、探す」

ディーラーは言った。言って、前に進もうとした。

そのときだった。

足もとが揺れた。

ぐらりと動いた。

「わっ」

ディーラーがバランスを崩した。

倒れそうになる。それを、ジョウが背後から支えた。

「地震か？」

ディーラーが問う。

「違う」ジョウは首を横に振った。

「動きだしたんだ。この地面が」

激しい振動にこらえきれず、ディーラーは片膝をついた。ジョウもそれに合わせて、身をかがめた。

周囲を見る。

白い霧が勢いよくたなびき、その下で黒い人工岩盤が小刻みに揺れながら水平移動している。弧を描くようにして動いているのは、霧ではなく、岩盤のほうだ。

「アプサラっ！」

ジョウが叫んだ。

視線が海に向けられている。

海面の様相が一変していた。

まるで嵐の海だ。波が逆立ち、ごうごうと渦を巻いている。その渦に巻きこまれ、ウォーラスが流されていく。どうやら、コントロールできなくなっているらしい。その横では〈セドナ〉も漂流をはじめている。すでにどちらも、ジョウとディーラーのいる岸壁から大きく離れた。

「どうなってるんだ？」

岸壁の端まで行き、四つん這いになって下を覗きこんだ。

「可動式の人工陸地だったってことだ。こいつが」

「浮き桟橋か？」

「ひとつひとつが島くらいのサイズだが」

人工陸地がいくつかのブロックに割れ、それぞれが違う方向に移動していく。それが見てとれた。

ウォーラスと〈セドナ〉の間に、陸地がひとつ入った。さらにウォーラスとジョウたちのいる陸地の間にも、べつの陸地が進んでくる。

〈セドナ〉が見えなくなった。ウォーラスもジョウの視界から消えた。

「やりたい放題だな」

ジョウがつぶやいた。

「なんだって？」

ディーラーがジョウの顔を見る。

「いいように振りまわされてるってことさ。誰だか、わからないやつに」

「誰だか、わからないやつ」

ディーラーの頬が、小さく痙攣した。

「わかってるわよ」ウオーラスの中では、アプサラがつぶやいていた。

「犯人は、あなたね」

イメージがくる。カラフルでとりとめのない意味不明のイメージ。シートに身を置き、目を閉じて、アプサラはそのイメージを無条件に受け入れている。抵抗はしない。しても無駄だということは、とっくに理解した。

とつぜん、ウオーラスのシステムがダウンした。動力に異常はなかったが、いっさいの操作に反応しなくなった。スクリーンもすべてブラックアウトした。

上下左右にウオーラスが揺れる。

激しい揺れだ。海が波立っているのだろう。流されていく感覚がある。

そこに、イメージがきた。

はじめはただ華やかな色彩の乱舞にすぎなかったイメージだが、しばらくすると、さまざまな形をとるようになった。

荒れ狂う海。移動する人工の陸地。

外の様子だ。これまでで、もっとも具体的なイメージである。システムのかわりに、アプサラに情報をくれているらしい。

「意外に親切」

アプサラは微笑んだ。

もちろん、単なるサービスでこのようなことをしているわけではない。なんらかの意図があって、やっていることだ。

アプサラに動揺はなかった。いまさら驚くようなことは、何もない。やりたいことがあるのなら、好きにしろ。危害を加えてきたら、対抗する。だが、そうでないときは、成り行きにまかせる。そもそも、逆らおうにも、それをする手段がない。

そういう心境だ。だから、自然に笑みもこぼれる。

ディーラーのことは、たしかに気になるが、かれにはクラッシャーがついている。あのクラッシャーは相当に優秀だ。面倒はジョウが見てくれる。自分は自分にできることをして、この状況から脱出し、後にかれらと合流すればいい。

揺れは長くつづいた。

弱くはなったが、おさまることはない。流されているからだろう。システムが復活するきざしも皆無だ。スーツの手首に埋めこまれた時計で、時間の経過はわかる。計時の単位は、マルガラスの標準時間だ。

一時間近くが過ぎた。

そこで、揺れが止まった。

と同時に、ウオーラスのシステムが復活した。

スクリーンに映像が入る。

ウオーラスは水の中にいた。深度は二八・三メートル。システム停止で沈んだらしい。底づきしている。擬似海底か何かはわからぬが、やけに浅い。

「浮上して」

アプサラが言った。

「了解」

ウオーラスが応じた。

すぐに海面にでた。スクリーンに映像が入った。

三百六十度、視界を回転させる。

三方向に黒い岸壁があった。

運河の中だ。向かい合った岸壁はそれぞれが数十メートル単位でウオーラスから離れている。だが、その間の一面は、近い。ほんの数メートル先だ。

「あの岸壁に向かって進んで」

指示をだした。

ウオーラスが前進した。また底づきした。どうやら、海底が斜路《ランプ》のようになっているようだ。

つまり、ここは運河の突きあたり。

アプサラはフィンを手動で操作してウオーラスを進ませた。ギグは地上行動を得手としていない。たぶん、ウフロよりも地上では動きが鈍重だ。

岸壁の上に這いあがった。海抜は十四メートル弱といったところか。真正面に建物がある。

上部装甲をあけ、アプサラはウオーラスからでた。

弱い風を頬に感じた。気温は二十四、五度あたりか。明らかに加工された空気だ。

アプサラは、正面を見据えた。

いびつな形状のオブジェがある。

アプサラの知る居住施設の形状ではない。巨大な抽象彫刻のように見える。しかし、これは建物だ。異文明の感覚で築かれた。

アプサラは前に進んだ。武器を右手に隠している。ディーラーから渡された小型のレイガンだ。

入口があった。その前でいったん足を止めた。周囲の様子をうかがう。気配は感じない。音も聞こえない。

どうするか？

入るしかない。これが何かをたしかめたい。ディーラーなら、必ずそうする。かれがこの場にいないのなら、アプサラがかわって調査をおこなう。雇われた以上、アプサラはその任務を遂行する。

入口に扉はなかった。建物の壁に、口が切られている。この口もいびつな形状で、身長五メートルの生物が身をかがめることなくくぐることができるサイズだ。

「不用心ね」

アプサラは薄く笑った。

入口をくぐる。

中に入った。

短い通路を抜けると、広いホールにでた。壁が淡く光を放っている。思っていたよりも明るい。

アプサラの意識に揺らめきが生じた。

　これは。

　イメージだ。メッセージがイメージで頭の奥に直接届く。

　首をめぐらした。右手の奥に、それがいた。

　ウフロだ。

　体長三メートルほどの成獣。ヒレ状の前肢で上体を支え、まっすぐにアプサラを見つめている。

　あのウフロ。

　アプサラに海獣の個体識別などできるはずもない。ましてや、不鮮明な映像で一度、ちらと見ただけのウフロなど。

　しかし、意識の揺らめきで、それはすぐにわかった。

　あのウフロだ。あのとき深海で忽然とあらわれ、アプサラを誘ってウォーラスを〈セドナ〉と切り離した。

　ネレイス。

　アプサラの唇から、言葉が漏れた。

　その名を、アプサラは知っていた。

6

　ギグが動きを止めた。追ってこない。

〈ドニエ〉の深度は二千八百メートルに達している。

「ふう」

　リッキーが息を吐いた。狭いシートの上で緊張を解いた。潜水艇内の空気が、一気にゆるんだ。

「どうします？」

　ソイバートが訊いた。

「行けるとこまで潜ってくれ」タロスが言った。

「ヤコブの梯子の入口だけでも捜索してみたい」

「了解です」

「通信、ぜんぜん傍受できない」アルフィンが言った。

「ハイパーウェーブもカバーできてるんだけど、聞こえるのはノイズだけ」

「海獣の啼き声は、けっこう飛びこんできます」

「軍の暗号交信だな」

「でしょう」ソイバートがうなずいた。

「内容はまったくわかりません」

「手探りの航行になるが、こいつはどうしようもねえ」

深度が三千メートルを超えた。

海底はさらに遠い。

まもなく四千メートルに達しようとするときだった。

「ソナーに反応！」アルフィンが叫んだ。

「大きいわ。明らかに人工物体。こっちに向かってくる」

「ライトを消せ」タロスが言った。

「海底はまだか？」

「あと三百メートル」ソイバートが答えた。

「エンジンを止めて、まっすぐに降下ってのはどうだ？」

「エンジンを止めても、エコーは消せない。海底に着くまで、完全にマークされる」

「人工物体、急速接近」アルフィンがつづける。

「距離五十メートル」

「速え」

「ヤコブの梯子の中にいたんだ」リッキーが言った。

「そっからまっすぐに飛びだしてきた」

「ライト照射！」タロスが言った。

「一発喰らわしてやりたいが、こいつには武器がねえ。せめて面《つら》だけでも拝んでやる」

メインスクリーンが明るくなった。闇の中に光が広がった。その真ん中に、黒い影がある。

「大型潜水艦だ」ソイバートが言った。

「少なくとも、三百メートル級。いや、それ以上。よくこの深度に耐えられる」

「なんか、形状がおかしいよ」リッキーがスクリーンを指差した。

「艦首が左右に割れてる」

「魚雷？」

アルフィンの声が硬い。

「違う」タロスが首を横に振った。

「何かを撃つんじゃない。あれは、何かを取りこむ装置だ」

「何かってなに？」

「俺たちだ」

「きます！」

ソイバートが叫んだ。

その直後だった。

潜水艦の黒い影が、〈ドニエ〉の上にかぶさった。

まるでクジラが小魚を一呑みするような光景だ。それを小魚の視線で目にすることがあるとは、タロスもアルフィンも思っていなかった。

〈ドニエ〉が揺れる。激しく揺れる。

突きあげるような衝撃がきた。艇内に金属音が響き渡る。

と。

とつぜん、揺れがおさまった。騒音も、いきなり消えた。

スクリーンには、壁らしきものの映像が入っている。海水にさえぎられているため、輪郭がはっきりしない。

「潜水艦の中だよね、ここ」

リッキーが言った。

「ふつうの潜水艦じゃねえな」タロスが言った。

「バカでかいくせに深海潜航能力を持っている。しかも、この仕掛けだ」

「シェオールか、オズマの秘密兵器？」

アルフィンが訊いた。

「ありうるが、さっぱりわからん」

「水が引いてる」

リッキーが言った。

〈ドニエ〉の周囲を満たしていた海水だ。その排水がはじまった。

スクリーンの映像が、上から下へと見る間に鮮明になっていく。

海水がなくなった。タロスがライトとカメラを操作し、三百六十度、回転させた。

シートにくるまれた丸いシルエットがいくつか見える。小型の潜水艇といった感じだ。

「格納庫ですね」ソイバートが言った。

「艦首が出入口の蓋を兼ねている」

「俺たちは、そいつにくわえこまれたってわけか」

タロスがへっと笑った。

「笑いごとじゃないわ」アルフィンが言った。

「ようやく逃げきったと思ったのに。これじゃ、ジョウを助けに行くなんて無理よ」

「外へでて、暴れちゃおう」

リッキーが腕を振りあげた。

「バカ」タロスがリッキーの頭を小突いた。

「レイガン一挺で何ができる」

「あっ」

アルフィンが声をあげた。

「どうした？」

「扉がひらくわ」

「きたか」

タロスの目が、鋭く光った。

カメラをズームさせる。

扉は右手にあった。そこが大写しになった。

しばらく待つ。

何も起きない。

誰もあらわれない。

「なんなんだ、いったい」

タロスがうなった。

通信機に呼びだし音が入った。

「ちっ」

タロスが舌打ちし、交信をオンにした。タイミングをはぐらかされた感じだ。

「乗っているのは誰だ？」

いきなり訊かれた。低い声だ。出力が弱く、映像がない。音声だけが響く。電波が艦外に漏れないようにしているのだろう。扉をあけたのもそのためだ。遮蔽物《しゃへいぶつ》を排除した。

「そっちこそ何もんだ？」

タロスが応じた。

「威勢がいいな。となると、てめえは調査隊を護衛していたクラッシャーか」

「だから、そっちは何ものなんだ？」

「俺たちは、常に監視されている。この出力でも長時間の通信はやばい。武装解除して、そっからでてこないか。じっくりと話をしたい。でてきたら、俺の正体もわかる。いま何が起きているのかも、ぜーんぶ説明してやる。籠城は時間の無駄だ。いいことは何もない」

「こっちは四人だ。三人はクラッシャーだが、ひとりは調査隊のメンバーだ。俺たちはまあどうでもいいとして、調査隊員だけは絶対の安全保障をしろ」

「絶対ってのは無理だが、危害は誰にも加えない。それは保証する」

「………………」

「どうだ？」

タロスはリッキー、アルフィン、ソイバートの顔に視線を向けた。それから、スクリーンに向き直った。

「わかった。武装解除して、外にでる」

「歓迎するぜ」

通信が切れた。

「でるぞ」タロスが言った。

「レイガンはここに置いとけ。俺もヒートガンは持ってかねえ」

「オッケイ」

「いいわ」

四人が艇外にでた。

床がまだ濡れている。タロスが周囲を見まわそうとした。そこに正面から強いライトが当たった。

あっという間に五人の男に囲まれた。五人とも、手にレイガンを持っている。

「なんだよ」タロスが言った。

「そっちは物騒だな」

「………………」

男たちは何も言わない。かわりに前進するよう腕を扉に向かって突きだした。

「話をしてくれるのはボスだけみたいね」

アルフィンが言った。

扉をくぐり、通路にでた。狭い、いかにも潜水艦の中といった雰囲気の通路だ。足音がカンカンと反響する。

迷路のような通路を歩いて移動し、艦橋に連れていかれた。

扉をあけ、一歩、中に踏みこむと、そこは宇宙船の艦橋そのものだった。巨大なスクリーン。操縦席。ナビゲータシート。動力制御システム。

「よお」

副操縦席とおぼしきシートに腰を置いていた男が、ゆっくりと立ちあがった。

薄汚いキャップをうしろ前にかぶり、顔は半分がひげだらけだ。残り半分は傷だらけである。顔の傷の数なら、タロスといい勝負だ。筋肉質でがっちりとした体格。しかし、背はそれほど高くはない。カーキ色のスペースジャケットを着ている。

「俺はホーリー・キングだ」男は言った。

「発掘屋をやっている」

「発掘屋？」

タロスのこめかみが、小さく跳ねた。

「おおよ。先史文明の遺跡を誰よりも早く見つけ、発掘するのが俺の仕事だ」

「それって、盗掘屋だろ」

リッキーが言った。

第五章　巨大戦闘艦

1

「やれやれ」キングがわざとらしくため息をついた。

「助けてやったのに、人を盗っ人扱いだ」

「頼んだわけじゃないわ」アルフィンが言う。

「そっちが勝手に手をだしたんでしょ」

「そもそも、言っていることがおかしい」タロスがつづけた。

「盗掘屋がマルガラスに入りこめるはずがねえ。おまえ、この一件にからんでいるな」

「さすがはクラッシャー」キングはにやりと笑った。

「いい読みをしている。どこのチームだ。名乗ってくれ」

「チームリーダーはジョウ。俺はタロスだ。ちっこいのがリッキーで、キンキンとうるさいのがアルフィン」

「なんだよ、ちっこいって」

「あたしのどこがキンキンとうるさいの！」

「なるほど」キングの相好《そうごう》が、大きく崩れた。

「すげーよくわかった」

「わかるな！」

アルフィンとリッキーの声がきれいにそろった。

「で、あんただ」タロスがあごをしゃくった。

「どっち側についてる？　シェオールか？　オズマか？」

「どっちでもねえよ」キングは小さくかぶりを振った。

「俺は、いまおまえたちを追いかけているやつと契約した」

「どういう意味だ？」

タロスの低い声が、さらに低くなった。

「いつまでもつづく戦争にうんざりしちまった連中がいたのさ」キングは言を継いだ。

「シェオールとオズマ、その両方に」

「…………」

「そいつらが自分の上官や政府の首脳たちに見切りをつけ、裏でこっそりと手を組んでフィジアルという組織をつくった」

「無謀な賭けだ」タロスが言った。「敵味方を巻きこんだ綱渡りのようなクーデター、成功した例はほとんどない」

「それが、そうでもないんだな」

「………」

「たしかに戦力は小さい。恐ろしくコンパクトな組織だ。しゃにむに同志を集めようとしたら、秘密はすぐに漏れちまう。実際、数百人規模の組織だ。存在がばれたら、一発でつぶされる」

「そんなやつらと契約したのか？」

「先史文明の遺産話があった」

「夢物語じゃねえか」

「違うね」キングの目がすうっと細くなった。

「俺は発掘屋だ。何がガセで、何が本物かは話を聞いただけでわかる。発見されたのは、ドモスタ島の遺跡とヤコブの梯子の洞窟だけじゃない。シェオールもオズマも、いっさい外にだしていないが、遺跡はほかにもいくつか見つかっている」

「そこで、やばいものがでたのか？」

「やばいだけなら、ドモスタ島の合金だけでも十分にやばい。あれの硬度はKZ合金以上だ。再現し、量産できたら、産業界の勢力図が塗り変わる。しかし、その目処《めど》はまったく立っていない。おまけに、出土した合金は銀河連合に持っていかれた」

「ということは、隠された発掘品は、ドモスタの合金よりもやばいんだな」

「そういうことだ」キングはうなずいた。

「未知の鉱物と、電子部品」

「電子部品！」

「人類のそれをはるかに超える超文明の証《あか》しだ。しかも、発掘されたブツのどれにも劣化が認められなかった。当然だが、化石化もしていなかった」

「偽もんじゃないの、それ」

リッキーが口をはさんだ。

「誰をだますんだ？　そんなものを隠し持っていて」

「黙っているぶんだけ、信憑性《しんぴょうせい》が高いのね」

アルフィンが言った。

「フィジアルのボスは、その電子部品を解析してみた。そして、気がついた。こいつは、強力な武器のパーツの一部だってことに。となれば、この文明の遺産を独り占めした者が、必ず勝者になる」

「それで、一か八かの勝負にでたのか」

タロスは腕を組んだ。

「劣化してないってのがすごいわね」アルフィンが言った。

「ついこの間といっても、十万年前の遺跡でしょ。惑星の歴史で言えば一瞬かもしれないけど、加工品の寿命から考えたら、とんでもなく長持ちしている」

「マルガラスのどこかに、そいつがそのままそっくり残っている可能性があるんだぜ」

「フィジアルのボスってのは、誰だ？」

タロスが訊いた。

「知らねえ」キングは肩をすくめた。

「大佐って呼ばれている。だが、発掘依頼のため俺にコンタクトしてきたのは、大佐じゃない。バントンってシェオールの少尉だ」

「バントン！」アルフィンの声が高くなった。

「〈ベセルダ〉に乗っていた、最低のくそでぶ軍人よ。あたし、あいつが大っ嫌い」

「そいつが〈ベセルダ〉を乗っ取ったのか？」

「そう。あいつ、今度会ったら張り倒してやる」

「フィジアルはオズマの傭兵部隊も買収した」キングが言った。

「タロス、この反乱はおまえが考えているよりも、ずっと根深くて周到だ」

「らしいな。あんたがやすやすとマルガラスに潜入できた理由も納得できた」

「この潜水艦はもともと外洋宇宙船だ。俺たちはシェオール御用達の輸送船としてここにきた。入国はほとんどフリーパスだった」

「衛星軌道から降下し、そのまま海に着水して潜航ってわけか」

「最短コースだ」

「しかし、あんたはなぜそのことを俺たちに話す？　どうせ殺すのだから、何を教えても気にしないって思ってるのか？」

「違う違う」キングは手を横に、ひらひらと振った。

「俺たちとおまえら、手を組めると直感したから、ここに招いたんだ」

「手を組める？」

「利害が一致してるのさ。大佐とは契約したが、それは俺にとってはどうでもいいことだ。マルガラスにくるための方便にすぎないことだから」

「先史文明の遺産の総取り狙いか？」

「そうじゃねえ」睨むように、キングはタロスを見た。

「俺がここにきたのは水巫女様を追ってのことだ」

「みずみこさまぁ？」リッキーが頓狂《とんきょう》な声をあげた。

「なんだよ、それ」

「俺たちは……」視線を遠くに向け、キングは言葉をつづけた。

「ケヴィオン教国の残党だ」

「グリンディロ」

タロスが言った。

「やはり、知っていたか」

「まあ、ちょっとな」

「この船の名も〈グリンディロ〉。いまはここが俺たちの星だ」

「アプサラをまた神殿に戻す気か？」

「そんなことはしねえ」

「だったら、何をする？」

「グリンディロの民は、水巫女様あっての民だ。十五年に及ぶわれらの悲願が、いま叶う寸前のところまできた」

「………………」

「何かをするということはない。俺たちはただ、水巫女様と一緒に暮らしたいだけだ。ひっそりと、誰の目も届かない星で」

「よくわからねえな」

タロスは首をひねった。

「わかるはずがない。水巫女様はグリンディロの民の精神《こころ》の依《よ》り所《どころ》だ。故郷を失っても、信仰心はなくしていない」

「宗教って、そういうものなんだ」

リッキーが言った。

「アプサラはどうなの？」アルフィンが訊いた。

「彼女はディーラーに雇われて、そのスタッフ兼ボディガードになってるわ。傭兵なら、受けた仕事を中途半端に投げだしたりしない」

「水巫女様が身を挺して守ろうとするものは、俺たちも同じように命懸けで守る。守って、その任より疾《と》く解き放つ」

「なるほど」タロスがうなずいた。

「それで利害が一致ということか」

「そういうことだ。俺たちは水巫女様のため、間接的にディーラーを保護する立場にまわる。おまえたちクラッシャーは、もちろん契約に従ってディーラーを護衛しなくてはならない。向いている方角はちょいとずれてるが、行き着くところはほぼ同じ。どちらも当面の敵はフィジアル。手を握るのは可能なんじゃないか」

「話はわかった。おまえの言葉に嘘がないのなら、話に乗るのはやぶさかじゃねえ。というか、むしろ歓迎だ。完全に手詰まりだからな。しかし、問題はアプサラとディーラーとジョウだ。おまえ、あの三人がどこにいるか、確認できてるのか？」

「そいつはまだ……」

「キング」

副長のソレルがキングの横にきた。

「どうした？」

「反応がありました」ソレルは言った。

「明らかな時空のひずみです」

2

「ワープ機関を動かすと、そこに次元のねじれが生じ、時空がひずむ」

キングがクラッシャーの三人に向き直った。

「んなこと、俺らだって知ってるよ」

リッキーが言った。

「この船は、その時空のひずみを観測してきた」

「海ん中だぜ」

「海の中でも、ワープ機関は作動できる」

「むちゃだ」タロスが言った。

「ワープ機関は惑星など大質量の物体の近くでは正常に動作しない。重力干渉が起きて、ワープ空間が壊れ、機関が暴走する。ましてや地上や海底などで起動させたら、とんでもないことになる」

「相手は先史文明だ。こっちの常識で立ち向かっても、得られるものは何もない」

「しかし」

「俺たちは十五年に渡って発掘屋をやってきた。その経験で何をすればいいのかが、よくわかっている。どこであろうと、時空のひずみ分布をチェックするのは当然のことだ」

「それって、いままで成果があったのかい？」

リッキーが訊いた。

「ない」

「はあ？」

「ひずみ計測に反応したことは皆無だ。俺は五十を超える先史文明の遺跡を発掘してきたが、そんなことは一度もなかった」

「じゃあ、経験もへったくれもないだろ」

「俺たちが発掘した遺跡は、学術的な価値でいえば、どれもゴミみたいなものだった。もちろん、好事家《こうずか》相手に発掘品を売ってそれなりの金にはなったが、文明と呼ぶにはほど遠い遺跡ばかりだった。人類史になぞらえると、旧石器時代以前、ようやく木の枝を道具として使えるようになったサルくらいのレベルかな。が、それでも、求めているのは、常にそのレベルをしのぐ遺跡の発掘だ。だから、必ずすべてのデータを収集する。どうせこの程度だろうとなめて手を抜き、万にひとつの大当たりを逃したら、発掘屋の名折れだ。そいつは我慢できない」

「じゃあ、今回は生涯はじめての大当たりってことなんだね」

「大当たりは水巫女様だ。水巫女様さえ迎えることができたら、あとは何も要らん。遺跡も発掘品も、根こそぎディーラーと銀河連合にくれてやる」

「解析映像をメインスクリーンに入れます」

ソレルが言った。

「おう」

艦橋の正面に大型スクリーンがあった。そこにカラフルな海底地形図が映しだされた。

重力の干渉波が、いびつに歪んだ同心円で細かく描かれている。

「この地形図の意味、わかるか？」

キングがタロスに向かって訊いた。

「なんとなくな」タロスが答えた。

「海底の下だ。地べたの中。ヤコブの梯子の裂け目に沿うようにおかしな空間が存在しているように見える」

「いいぜ」キングの口もとが、わずかにゆるんだ。

「そのとおりだ。海底の地中に、巨大な遺跡が隠されている。この空間は時空のひずみでカモフラージュされているから、通常のどんなセンシングでも発見は不可能だ。うかつに近づくと通信も乱れるし、場合によっては、いきなりとんでもないところに飛ばされることだって、考えられる」

「ちょっとしたワープだな」

「剣呑《けんのん》極まりねえ」

「上空から時空のひずみを観測したら、ばれちゃうんじゃないの？」

リッキーが言った。

「測定結果そのものが、海水で減衰される。五千メートル以上の深海から有効なデータを得るのは簡単じゃない。というか、手の打ちようがない。海面とか、軌道上から発見するのは不可能だ。この深海にまで観測機器を持ちこんで、はじめてこの時空のひずみはキャッチできる」

「隠し空間のサイズを教えてくれ」

タロスが言った。

「測定値をだせ」

キングがソレルに命じた。

画面に数字が並んだ。

「キロ単位だな」スクリーンを見て、キングが言った。

「きれいな直方体だ。長辺は十二・八キロ、短辺は十・三キロ。高さは約二キロってとこか」

「それが居住空間なら、立派な海底都市だぜ」

「都市だとして、これって生きてるの？」

アルフィンが訊いた。

「断定はむずかしいが、ほぼ完璧に生きている。信じがたいことだが」

「生きつづけているのか、十万年」

呻くように、タロスが言った。

「時空間の管理機能がこれだけみごとに動いているんだ。他の機能が失われていると考えるほうがおかしい」

「じゃあ、もしかして先住知的生命体も……」

リッキーが言った。

「この空間内で生存し、暮らしていて不自然はない。システムが生きている以上、そこにはそいつを維持してきたやつが必ずいる」

「〈ヘセドナ〉とアプサラは？」

「おそらく、この空間の内部にいる。向こうが入れてくれたのか、自力で侵入したのか、そいつはまだわからない。わからないが、ほぼ間違いなく、三人はここにいる」

「たしかに、それなら、あのとつぜんの通信途絶、消失の理由が説明できる」

タロスが言った。

「キングは、どうする気なんだい？」

「もちろん入る」リッキーの問いに、キングは即答した。

「海底を掘り抜く機器も、この船は装備している。爆弾だって使う」

「ふつうじゃねえ深海作業だぞ」

「だから、なんだ？」キングは、睨むようにタロスを見た。

「バリヤーだろうが、合金の壁だろうが、手当たり次第にぶちぬくさ。何があっても、俺たちは必ず水巫女様のもとに行くんだ」

「しかし、いまのままだと、ぶちぬく場所の特定も楽じゃねえ」

「もうわかっていると思うが、この船は本来、外洋宇宙船だ。ワープ機関を備えている。そいつをちょいと本格的に使用する」

「マジかよ？　やばいぞ」

「リスクは承知の上だ。だが、ぶちぬく前に時空のひずみを消すのは必須だ。となると、ワープ機関を使うしか方法はない。クラッシャー、手伝ってくれ」

「何をやらせたい？」

「爆弾のセットだ。そいつを潜水艇でかかえて行き、俺が指示する場所にピンポイントで叩きこむ。あとは離脱して、ここに帰還だ」

「さらっと言いやがるな」

「それって、すっげー危険な作業だぜ」

リッキーが横から言った。

「クラッシャーなら、なんでもねえだろ」

「潜水艇の操縦士は違う。クラッシャーじゃねえ」

「やれます」ソイバートが言った。

「というか、やらないとだめなことなんでしょ？」

「そうだ」

「じゃあ、やりますよ。謎の古代遺跡に足を踏み入れるんです。断る理由がない」

「だったら、決まりだな」タロスが言った。

「調査隊の操縦士にここまで言いきられて、クラッシャーが引きさがったら恥だ」

「まずワープ機関を動かして、カモフラージュとして使われている時空のひずみを打ち消す」キングが言を継いだ。

「消すのと同時に入口の位置を確認し、そこをおまえたちに爆弾でぶち破ってもらう」

「システムが生きてて、それできるの？」アルフィンが言った。

「破っても、あっという間に修復されちゃうんじゃない？」

「もちろん、その前に突破する。こっちはそれだけの用意をして爆弾に点火する」

「綱渡りもいいとこね」

「リスクを負うのは、おまえたちだけじゃないってことさ。俺も必死だ。本気で命を懸ける」

「いいせりふだ」

タロスがにっと笑った。

すぐに出動準備をはじめた。

キングの仲間とソイバートが格納庫に向かった。〈ドニエ〉を改装し、爆弾を装着する。

タロスは、キングと隠し空間への入口確定作業に入った。アルフィンとリッキーは、身に帯びる武器の選定をおこなった。未知の超文明相手にレイガン一挺ではあまりにも心もとない。それなりの装備が要る。ソレルに案内され、艦内の武器庫でふたりはさまざまな火器を調達した。

「大盤振舞いだね」

山のような銃火器を前にして、リッキーがはしゃいだ。

「こいつも商品なのさ」ソレルが言った。

「さすがに発掘屋だけでは食っていけない。目星をつけて開発途中の惑星に潜入しても、たいていは空振りに終わるからな」

「でしょうね」

アルフィンは納得した。いかに宇宙が広大でも、知的生命体にまで進化した生物がいた惑星はけっして多くない。宇宙生活者なら、そのことは誰でも知っている。

あっという間に、準備がととのった。

いちばん難航したのが、キングとタロスによる入口捜索作業だった。収集した時空のひずみデータだけで、それを見つけるのは、至難の業だった。

だが、発掘屋とクラッシャーの経験が、その障壁を打ち砕いた。

「ここだな」

タロスが海底の一角を指差した。

「ああ、ここだ」

キングは断言した。

それで標的が定まった。

「作戦を開始する！」キングの声が艦内に反響《こだま》した。

「ぶちぬくぞ。野郎ども!」

3

ゆっくりと〈ドニエ〉が〈グリンディロ〉から離れた。

船底に円盤状の物体が吊りさげられている。爆弾だ。指向性の高い、強力な爆弾である。起爆させると、高熱のプラズマが爆風とともに、下方に向かって噴出する。この深海で暴発したら、爆風を浴びなくても、反動による圧力で〈ドニエ〉は確実に砕け散る。

慎重に降下した。

海底に近づく。表面まで十メートルの位置でいったん停止し、水平移動に入った。

艇内では、タロスが通信スクリーンを凝視している。背後から、リッキーもその画面を覗きこんでいる。そこに映しだされているのは、海底地形の模式図だ。その図の上に、ときどき閃光が燦く。〈グリンディロ〉が放つ特定周波数の音をキャッチし、それによって伝えられた座標を〈ドニエ〉のシステムが光点に変換し、模式図上に表示している。

ソイバートは、その光を目標にして、〈ドニエ〉を操る。

「もうちょいだな」

つぶやくように、タロスが言った。狭い艇内には、緊張がみなぎっている。この作戦は一発勝負だ。しくじったら、もうあとがない。

光点が出現する。じりじりと〈ドニエ〉が進む。

とつぜん。

光点の色が変わった。赤く染まり、点滅をはじめた。

「きたっ」リッキーが叫んだ。

「タロス、きたよっ」

「うるせえ、騒ぐな」

タロスが一喝した。

「真上につきます」

ソイバートが言った。

「こっからが正念場だ」タロスがつづけた。

「こいつは俺とキングがデータだけで割りだした最有力ポイントだ。当然だが、多少の誤差がある。絶対にここだというわけではない。いまから、それを微調整する」

「ワープ機関を作動させるんだね」

「そうだ。百分の一の出力で、三百秒だけ動かす。三百秒は限度ぎりぎりだ。時空を歪めはするが、ワープには至らない。その歪みが遺跡側のそれとシンクロすれば、互いに打ち消し合い、正確な位置が判明する」

「光点の位置に到着しました」

〈ドニエ〉が停止した。

その直後。

「重力波に変化」

アルフィンが言った。

ワープ機関が作動した。

「海底の熱源分布も変わっていく」リッキーが言った。

「地下だ。海底のすぐ下に巨大な熱源がある」

「あらわれたな」

タロスがレバーを握った。爆弾のロックを解放するレバーだ。

「光点移動。追います」

ソイバートが言った。言うのと同時に、〈ドニエ〉を加速させた。ワープ機関が動きだしてから八十秒が経過。時間的余裕がない。

再度、光点の真上に着いた。こここそが最終目標だ。

「行くぜっ」

タロスがレバーを操作した。

爆弾をかかえこんでいたアームが、大きくひらいた。

落下する。海底めがけ、爆弾がまっすぐに落ちていく。

着地した。

「よっしゃ、戻れ」ソイバートに向かい、タロスが言った。

「仕事は完璧だ」

〈グリンディロ〉の位置を、送られてきた音声信号で確認した。

すぐに針路を変え、全速力でその位置に向かった。

〈ドニエ〉が〈グリンディロ〉に収容される。巨大な口が、〈ドニエ〉を呑みこむ。二度目ともなれば、もはやとまどいもいっさいない。

〈ドニエ〉の固定作業を手早く終え、四人は〈グリンディロ〉の艦橋に帰還した。

起爆七秒前である。ソレルがカウントダウンをしている。ワープ機関はすでに停止していて、熱源反応などは、海底のどこにもない。

「ばっちりだぜ」

キングを前にして、タロスがそう言ったとき、カウントがゼロになった。

が。

何も起きない。

閃光も見えないし、音も振動も届かない。

すべては時空のひずみに吸収された。それだけの力が、このひずみにはある。そして、十万年もの長きにわたり、ひずみは海底の地下に置かれた空間の存在を隠蔽《いんぺい》してきた。

十数秒後。

異変がはじまった。

海中に流れが生じた。〈グリンディロ〉の周囲の海水が、一定方向に向かって勢いよく動きだした。

「水流に乗れ」キングが言った。

「爆破成功だ。隠し空間の一部をぶち破ったぞ、海水が空間内に流れこんでいる。でかい穴があいたんだ。一気に突っこむ」

おおと声があがった。

〈グリンディロ〉が進む。

この深海で、非常識な速度だ。闇の中、水流に押され、海底へと突き進む。

爆破地点に到達した。

破壊のせいだろうか、ひずみの効果が大きく減じている。

音波のエコーで、穴の存在を確認した。

「あれだ」キングがスクリーンを指差した。

「くぐるぞ。空間の内部に入る」

「修復、はええぞ」

タロスが言った。

確認した直後、穴の直径は数百メートルのオーダーに及んでいた。

それが、わずか数秒で三分の二ほどの大きさに縮んでいる。

「とんでもねえシステムだ」

キングがうなった。まさしく生きている。生きて、空間全体を完璧に管理している。

十万年間、平穏を保ってきた、この空間を。

〈グリンディロ〉が穴に入った。この時点で、穴の直径は、当初の半分になっていた。

どうやって直しているのかは、まったくわからない。明らかに未知の超技術だ。

穴はトンネルのようになっていた。おそらくは空間内にひそんでいる何ものかの水路だろう。ここから出入りし、移民してきた人類の動向をうかがっていた。そのように考えられる。

トンネルを抜けた。

水深が表示される。八百四十二メートル。浅い。

「にせ海洋だ」キングが言った。

「箱庭の海だな」

「どうする？」

タロスが訊いた。

「浮上だ。海面にでる」

「急速浮上」

ソレルがパイロットに指示を伝えた。

ぐうんと船体が傾いた。

加速する。

海上に飛びだした。大きくはねるように水平に戻る。

「ひいいいい」

艦内ではリッキーが悲鳴をあげていた。

床にひっくり返り、シートとシートの間にはさまっている。

スクリーンが明るくなった。

艦外の光景が映しだされた。

明るいが、白い。ホワイトアウトしたような画面だ。景色と呼べるようなものは、何もない。

「ガスってやがる」

キングが言った。

「何も見せる気はないという意思表示だ」

タロスは腕を組んだ。

「後方に影があります」ソレルが言った。

「影は複数。接近してきます」

カメラが切り換わった。艦尾側の映像になった。レーダーは使えない。白い霧に電波が吸収される。

海面に、それはいた。

「動物？」

アルフィンが身を乗りだす。

「海獣だ」キングが言った。

「特徴がマルガラスの原生生物と合致している。ブロヌス、ガウナラ、オッサ、ナール」

「でかいぞ」タロスが言った。

「どいつもこいつも、二十メートルくらいある」

「テラでいうクジラやシャチだな」

「金属反応があります」横から、ソレルが言った。

「野生じゃないですね。何か装着されています」

「爆弾か？」

キングが訊いた。

「わかりません。頭部を覆っています。ヘルメットの可能性もあります」

「ヘルメットかぶって、海獣が突っこんでくるのか？」タロスが首を横に振った。

「話にならん。でかいといっても、この船とは較べ物にならないサイズと質量だ。いくら暴れても、傷ひとつつかないぞ」

「自爆だけ、警戒しろ」キングが言った。

「場合によっては放電、あるいは毒液散布で対抗する」

「海獣、艦首側にも出現」

声が響いた。艦橋のコンソール前で映像監視をしていた部下のひとりだ。

「ちっ」キングが舌打ちする。

「ソナーと視認だけじゃ追いきれねえ」

「ここは向こうの庭だ。やろうと思えば、なんでもやりたい放題だぜ」

タロスは他人事のように言う。

その直後。

衝撃がきた。

4

不思議な衝撃だった。

最初は艦内の床や壁がびりびりと震えはじめた。しばらくして、うねるように艦全体に揺れが広がった。

地震に似ている。初期微動がきて、つぎに本震がやってきた。そういう感じだ。爆発などによる瞬間的な衝撃ではない。長くつづく。

「なんだ、こりゃ？」

壁に張りめぐらされたパイプのひとつにつかまり、キングが怒鳴った。

「〈グリンディロ〉が共振を起こしています」ソレルが言った。

「振動発生源が艦外にいて、その振動が艦を揺さぶっているようです」

「なんだよ？　振動発生源って」

リッキーが訊いた。リッキーは床にひっくり返ったまま、タロスの脚にすがりついている。

「海獣たちだ」キングが言った。

「そうきやがったか。してやられたぜ」

「あのヘルメットがそうなのね」

アルフィンが言った。アルフィンは壁と壁の狭い隙間にもぐりこみ、からだを支えている。

「海面下で、海獣どもが頭をこの船に押しあてている。ヘルメットみたいなやつが振動発生装置だ。装置は、この船の固有振動数を検知し、それに合致した振動を間断なく送りだしている」

「どうなるんだい？　この船」

「〈グリンディロ〉に群がっている海獣は何頭だ？」

「百頭は下りません。へたをすると、百五十、いや二百頭は……」

「もたねえな」キングは奥歯をぎりっと鳴らした。

「このままだと、〈グリンディロ〉は分解されちまう。揺れに揺れて、ばらばらだ」

「実にうまい攻撃だ」タロスが言った。

「火器も使わない。爆弾も使わない。しかし、確実に侵入者を仕留める」

「ソレル。放電しろ。毒液も流せ」

「先ほどからやってます」キングの指示に、ソレルが答えた。

「しかし、放電は無効化されています。毒液もまったく効いていません」

「とんでもねえ海だ」タロスが言った。

「そういうものを打ち消す何かが、海水中にひそんでいるんだ」

「ふざけやがって」

キングは呪いの言葉を口にした。

「やばいときは逃げるに限る」

タロスが言葉をつづけた。

「どこに？　どうやって？」

「こいつは宇宙船なんだろ？」

「そうだ」

「だったら、飛べ。宙に浮かべ」

「垂直上昇か？」

「できねえのか？」

「できる。だが、メインエンジン起動までのつなぎだ。長時間は使えない。といって、このくそ狭い空間でメインエンジンを動かしたら、あっという間に壁に激突する」

「つなぎでいい。とにかく浮上だ。浮かんで、姿勢制御エンジンで前進する」

「二十分が限度だぞ」

「いいじゃねえか」タロスはにっと笑った。

「そんだけあれば、つぎの手を考えられる」

「ったく、クラッシャーってやつぁ」

キングは肩を小さくすくめた。

「生き延びるのに必死なのさ」

タロスは平然としている。

「垂直噴射だ！」キングが叫んだ。

「高度百メートル。一気にあがれ」

「了解です」

轟音が艦内を震わせた。

〈グリンディロ〉が上昇する。

海面から離れた。

空中に浮きあがる。

さすがに海獣はついてこない。小判鮫のように船底に張りついているわけではなかった。海中に取り残される。

激しい共振が、瞬時におさまった。微振動がつづいているが、それは噴射に伴うものだ。

「キング」ソレルが言った。

「第三スクリーンに島影があります」

「なに？」

部下のひとりが、メインスクリーンの映像を急ぎ切り換えた。

ガスが白く漂っている海上の映像がスクリーンに広がる。その中に、黒いぼんやりとした影がある。島影と言われれば、そのようにも見える曖昧なシルエットだ。高度百メートルの上空にあがったため、それが視認できるようになった。

「にせ海洋に、黒い島か」つぶやくように、キングが言った。

「あそこに何かがいる。いや、いてくれないと、困る」

「飛べるか？　あそこまで」

タロスが訊いた。

「飛ぶさ」

キングが言った。

バントンは〈ベセルダ〉の船橋に戻っていた。

少しいらついている。憮然とした表情だ。船長席に腰を置き、コンソールを指先でこつこつと叩いている。

クラッシャーに逃げられた。まさか軌道上から援軍がくるとは思っていなかった。連合宇宙軍がクラッシャーに肩入れしたことも予想外だった。ディーラーの護衛として銀河連合が雇ったとしても、クラッシャーはクラッシャーだ。連合宇宙軍の命令系統内には入っていない。そういう連中に、非常事態を名目にしたとはいえ、勝手なマネをさせた。考えられない。

電子音が鳴った。

携帯通信機の呼びだし音だ。

バントンの口もとが、ぴくりと小さく跳ねた。

素早い動作で、通話をオンにした。

「キングの航跡が消えた」

声が流れた。大佐だ。

「消えた？」

「呼んでも応答がない。ソナーの反応が、とつぜん消滅した」

「それは、〈セドナ〉とウオーラスのケースと同じなのでは？」

「そうだな。おそらくはかれらと接触した」

「かれら！」

「ターゲットを見つけたのだ」

「しかし、それならまずこちらに報告が」

「何もなかったんだな」

「はい」

「となると」

「裏切った？」

「それは予想の範囲内だ。あいつは発掘屋。獲物が見つかれば、必ず独り占めを考える。こちらの契約など、どうでもよくなる」

「………」

「〈エルゴン〉は、これからキングを追う。これまでの航跡データはすべて分析ずみだ。どこで接触したのかは、ほぼ確認できている」

「では？」

「おまえはギグの部隊を引き連れ、〈エルゴン〉に移乗しろ」

「〈ベセルダ〉はどうします？」

「副官にまかせておけ」

「了解しました」

通信が切れた。

バントンは、ほおと息を吐いた。

ついに大佐が動きはじめた。いよいよ正念場だ。大佐が動けば、シェオールもオズマも、軍内部の異変を察知する。反乱で、自分たちが存亡の瀬戸際にいることを知る。当然、戦争の流れが変わる。それをどう切りぬけ、フィジアルの勝利につなげていくか。

「お手並み拝見だ」

バントンは小さくつぶやき、おもてをあげた。

副官を呼んだ。

「ミュール！」

ミュール軍曹が駆け寄ってきた。

「はっ」

「ギグをすべて船体後方に集めろ。俺たちはこれから〈エルゴン〉に移る。〈ベセルダ〉の指揮は、おまえがとれ。現状維持だ。シェオールからの連絡は完璧に受け流せ。ここでは、何も起きていない。調査は順調に推移している」

「はっ」

シートから立ちあがり、バントンは船橋の外にでた。

アッパーデッキに降りて、船尾に向かった。

三十数体のギグが海面に浮上していた。もちろん、シルバーバックもいる。

一体のギグが、舷側に繋留《けいりゅう》されていた。バントンは軍服を脱いだ。その下に着ているのは、防水耐熱生地の黒い戦闘服だ。

遠隔操作で上部装甲をあけ、ロープを使ってバントンがギグに乗りこんだ。

その直後だった。〈ベセルダ〉の後方百メートルほどの海上に、潜水艦が浮上した。

巨大潜水艦だ。一部を見ただけでそれがどういう艦なのかわかる。

もとは外洋宇宙船だ。キングの船と同じである。外洋宇宙船を改造し、潜水艦とした。

違うのは、これが明らかに軍の戦闘艦を素材にしているということだろう。

バントンは巨体をギグの操縦席にむりやり押しこみ、からだをベルトで固定した。上部装甲を閉める。

「こちらバントン」通信機をオンにした。

「〈エルゴン〉への移乗準備、完了」

「〈エルゴン〉、了解しました」

返答がきた。暗号通信だ。それを翻訳した人工音声がコクピットに流れる。

バントンはチャンネルを切り換えた。今度はギグの部隊に向かって呼びかけた。

「総員、〈エルゴン〉に入れ。これよりキングを追跡する」

5

三十七体のギグが、海中で〈エルゴン〉に収容された。

格納庫の一角に、さまざまな形状のギグがひしめいている。パイロットはコクピット内に待機だ。ギグは、いつでも出動できる態勢を保つ。通信規制は解除された。艦内ならば、外部に交信が傍受されることはない。

「すげえものをつくったな」

バントンに、ミストが声をかけてきた。傭兵のペグパウラだ。フィジアルでは、ミストである。

「カレザフ大佐だから、できたことだ」

バントンが応える。乗機するギグのコードネームは、ハンマーヘッド。

「シェオールの軍上層部は承知していたのか？」

「これは本来、シェオールの秘密兵器として建造された」

「ほお」

「海中に戦闘基地をつくり、そこから大量のギグを送りだして奇襲をおこなうことを目的にして、外洋戦闘宇宙艦をジャスターの造船所で改装したのだ」

「白鳥座宙域の太陽系国家にある、グラバース重工業傘下の造船所だな。ここから三千光年は離れている」

「連合宇宙軍が介入してくる以前の話だ。オズマに悟られないため、表向きは修理とし、軍内部でも限られた者しか改装のことは知らなかった」

「ああ。たしかにオズマは気がついていない」

「マルガラスに戻ってきた〈エルゴン〉は、連合宇宙軍の介入時に他のすべての外洋戦闘宇宙艦と同じく宇宙ステーションで繋留となった」

「そいつをどうやって下に降ろしたんだ？」

「事故が起きた。宇宙ステーションで。居住区のボイラーが爆発し、火災になった。それで、緊急事態ということで、繋留されていた〈エルゴン〉を切り離し、大気圏内に降下させた。いったん高度一万五千メートルまで降ろし、その後、連合宇宙軍の合意を得て再度、衛星軌道上に移動させる。そういう手筈だった。だが、操船指揮をまかされた当直の大尉が指示を誤った。〈エルゴン〉は失速して墜落し、海底に沈んだ。運悪く、そこはマルガラスのもっとも深い海溝のひとつだった。サルベージはできない。かくて、〈エルゴン〉は永遠に失われた」

「それも表向きか？」

「軍のトップは、まだこの秘密兵器が忽然とあらわれ、最後にはオズマを駆逐してくれると信じている」

「おめでたい連中だぜ」

ミストは声をあげて笑った。

「おまえたちが考えているよりも、今回のプロジェクトは時間をかけて進めてきた。問題をひとつひとつつぶし、細心の注意を払って、ここまでこぎつけた」

「さすがだな。大佐は」

「かれなら、この国を再生できる。荒れ果て、民心もばらばらになったシェオール政府と、その抵抗勢力であるオズマを解体し、あらたな独立国家として甦らせることができるのは、大佐だけだ」

「戦争が終わっちまうのはさみしいが、俺もそろそろ腰の落ち着け時だ。傭兵から足を洗って、正規軍の将校になるのも悪くねえ」

「プロジェクトは仕上げの段階に入った」バントンは言葉をつづけた。

「最後の切札は、超古代文明だ」

「問題はそこだろ。超古代文明が空振りだったら、いきなりやばい話になる。現有兵力だけでは、いくら周到な準備をしていても、二大陣営を呑みこむのは無理だ」

「無謀な賭けをしているわけではない。十分な根拠があって、この判断に至った。われわれはマルガラスの超古代文明に関して、銀河連合の学術調査隊など足もとにも及ばないほどのデータを持っている。俺に言わせれば、あいつらは何も知らない烏合《うごう》の衆だ。そして、われわれが流した恣意的な情報を疑うことなく信じ、参考にして、ここまでやってきた」

「そういうことだったのか」

「俺が〈ベセルダ〉に送りこまれた理由が、そこにある」

「そうだな。こっちの認識では、あんたは大佐の腹心の部下となっていた。しかも、ばりばりの戦闘指揮官だ。前線で、俺たちと戦っているはずのあんたが遺跡調査船の世話係になった。左遷されたのかと思ったぜ」

「どんなに情報があろうとも、われわれが勝手に動くことはできない。それをすれば、すべてがばれる。シェオールにも、オズマにも。当然、銀河連合も感づく。となると、打つ手はただひとつだ。銀河連合の学術調査隊に発見してもらう。その上で、中身はわれわれが横からかっさらう」

「あんたはそのコントロール役だったってわけか」

「おまえは、よくやってくれた。アプサラを挑発し、〈ベセルダ〉をシェオールとオズマの戦闘にうまく巻きこんだ」

「そいつをきっかけにして、フィジアルの兵士を〈ベセルダ〉に呼び入れ、調査隊を完全制圧するって段取りだった。俺は、そう聞いていた」

「そのとおりだ。しかし、ディーラーの気まぐれで、予定が変わった。まともなやつではないことはわかっていたが、あそこまでとは思わなかった」

「まさか、あのアプサラを雇っちまうとはな。正気の沙汰じゃない」

「見た目は絶世の美女だ。それに惑わされてしまったのだろう」

「お坊っちゃま学者らしい話だ」

ミストは、また笑い声をあげた。

「クラッシャーによる予想外の降下など、トラブルはいくつかあった。あったが、しかし、さしたる問題ではない。すべての歯車は嚙み合った。状況は、われわれが計画したとおりに動きはじめている」

「発掘屋を雇ったんだろ？」

「よく知ってるな」

「傭兵は地獄耳だ。あらゆる情報を持っていないと、アプサラのような目に遭わされる」

「たしかに」

「ディーラーでは遺跡を発見できないと読んだのか？」

「念のためのもう一ルートだ。先にも言ったように、超古代文明は最後の切札だ。失敗は許されない」

「いま追っているのは、どっちだ？」

「発掘屋だ。しかし、ターゲットに先に到達したのはディーラーだ。発掘屋がそれを追い、さらにそのあとを〈エルゴン〉が追っている」

「俺たちの仕事は？」

「遺跡の中に入ってみないとわからない。そこに海がなかったら、ギグは出番を失う。おまえたちは陸上で白兵戦をやれるのか？」

「武器をくれれば、なんでもやる。傭兵は、それが商売だ」

「頼もしいな」

呼びだし音が鳴った。携帯通信機だ。バントンはギグの通信機を切り、携帯通信機をオンにした。

「なんでしょう?」

「艦橋にこい」大佐の声が言った。

「これから遺跡に入る。ギグは傭兵部隊にまかせよう」

「了解しました」

バントンは上部装甲をあけ、ギグの外にでた。

通路を抜け、艦橋に向かう。改装されて潜水艦を兼ねるようになったが、構造と内装は完全に戦闘宇宙艦のそれだ。宇宙空間では〇・二Gの人工重力をかけるので、天地ははっきりと設定されている。通路は天井が高く、幅が狭い。

艦橋に入った。

艦橋には五人の兵士と艦長、そしてカレザフ大佐がいた。大佐は作戦参謀席についている。

「バントン、参上しました」

カレザフに向かい、バントンは敬礼をした。カレザフは長身痩軀《そうく》の軍人だ。年齢は四十代の半ば。眼光が鋭く、目じりから頬にかけて、やけどのような傷痕がある。

「ギグはいつでも射出可能か?」

カレザフがバントンに訊いた。

「問題ありません。ミストを指揮官に任命しました」

「スクリーンを見ろ」

カレザフはあごをしゃくった。艦橋の正面中央に大型のスクリーンがある。そこに、海底の立体模式図が映しだされている。

「赤いラインが〈グリンディロ〉の航跡だ」カレザフは言葉をつづけた。

「左上方で、消滅した。その前にワープ機関を作動させ、さらに爆撃をおこなった」

「擬装空間？」

「そうだ。われわれの予想どおりだ。超古代文明は生きている。しかも、そのテクノロジーは、人類のレベルをはるかに超える。時空を歪めて擬装空間をつくり、その中に遺跡を隠している」

「では」

「われわれも擬装空間の内部に入る。だが、爆撃ポイントが完全に特定できていない。ワープ機関を限定的に用いての探査ノウハウがないからだ」

「どうするのです？」

「無差別攻撃をおこなう。〈グリンディロ〉の消失地点の周囲にミサイルをまとめて撃ちこむのだ。それにより、進入口をこじあける。成功したら、即座に進む。と同時にギグを射出する。もしくは上陸部隊をだす」

「抵抗は、あるのでしょうか？」

「あれば、排除する。そのためのギグ展開だ。われわれはなんとしても、ここを制圧しないといけない。〈エルゴン〉を動かしたことで、状況は一変した。シェオールもオズマも、われわれの存在を知った。いまごろは行政府も軍内部も大混乱に陥っている。これこそが最大のチャンスだ。フィジアルとマルガラスの未来は、この一瞬にかかっている」

「大佐、ミサイル発射準備が完了しました。データ解析で目標十七か所をフィックスしています」

コンソールに向かっている兵士のひとりが言った。

「彼我の距離は？」

カレザフが訊いた。

「三千メートルを保っています」

この問いには、艦長が答えた。シェオールの大尉だ。宇宙ステーションの火災のときに〈エルゴン〉を海底に沈めた当の本人である。

「ほどよい距離だ」カレザフは小さくうなずいた。

「叩きこめ。ミサイルを」

低い声で言った。

6

人工陸地の移動がおさまった。

波が鎮まり、海面も穏やかになった。

ジョウは、〈セドナ〉を探した。

ない。どこにも、その姿がない。

「すごいな」ジョウの横で、ディーラーが言った。

「これこそ先史文明の偉大な遺産だ。こんな遺跡はかつてなかった。銀河系で、唯一の存在かもしれない」

瞳がきらきらと輝いている。この状況が危機的なものであるという自覚はまったくない。そこにあるのは学者としての好奇心だけだ。

「どんな大発見でも」ジョウが言った。

「持ち帰ることができなかったら、それはただの幻だ」

「先に進もう」ディーラーがジョウを見た。

「ここには、もっとすごいものがある」

ジョウの言葉は耳に入っていない。

「まず、やるべきことをやってからだ」

ジョウは鋭く言葉を返した。

「やるべきこと？」

「リモコンを持っているはずだ。それで〈セドナ〉を呼び戻せ」

「あ、ああ」

あわてて、ディーラーは上着のポケットを探った。小さなカードを取りだし、その表面を指先でなぞった。

しばし待つ。

「だめだ」首を横に振った。

「反応がない。通信そのものが遮断されている」

「完全に島流しだな」

「どうしよう？」

ディーラーがジョウに問う。

「となれば、当初の目的を完遂するしかない」

「当初の目的？」

「さっき、言っていた。先史文明の探索だ。先に進み、遺跡を発見して打開策を求める」

「そういうことか」ディーラーは安堵の表情を見せた。

「たしかに、それしかない」

「しかし、まずは装備のチェックをする」

「…………」

「俺が背負っているのはクラッシュパックだ」

ジョウは、硬質プラスチックでつくられたバックパックを地表に降ろした。ロックを解除し、カバーをあけた。

「武器と食料が入っている」

「なるほど」

「武器はヒートガンとグレネードランチャー。食料は高濃縮のカロリーバーだ。一食一本で十八本。ふたりだと三日分だな」

ジョウはヒートガンとグレネードランチャーをパックの中から取りだした。ヒートガンをディーラーに渡す。

「ぼくが持つのか？」

ディーラーの目が丸くなった。

「いざというときのためだ。ただし、俺が撃てというまで、トリガーボタンには触れるな」

「わかった」

「俺はこいつを使う」

ジョウはグレネードランチャーを手に把った。

「が、その前に腹ごしらえだ」言葉をつづけた。

「あんたも食べてくれ」

カロリーバーを差しだした。

ディーラーはそれを受け取り、口の中に入れた。

「意外にうまいな。あっという間に溶けてし……」

「待て！」

ディーラーの言をジョウが制した。

「？」

「音がする」

ジョウはレイガンを抜いた。グレネードランチャーはスリングベルトで肩にかけた。

ディーラーに体を寄せ、身構える。

「音って、なんだ？」

ディーラーが訊いた。その直後だった。

地表が割れた。

「うわっ!」

ディーラーが悲鳴をあげて耳を押さえた。

きしみ音が響く。割れた地表が盛りあがる。大地が鳴轟《めいごう》し、激しい振動がディーラーとジョウの足もとをすくう。

あっという間に小山のようになった。

つぎの瞬間。

その山が崩れる。まるで組み立て式の玩具のように細かいパーツに分かれ、ばらばらになる。

四方に飛び散ったパーツが、再び合体した。

細長い棒状になった。直径は七十センチほど。長さは数メートルに及ぶ。まるで生物のようにうねうねと蠢いている。見た目は巨大な環形動物だ。テラでいうミミズ。その化物。しかし、これは明らかに人工パーツの集合体である。

「ロボットだ」

ジョウが言った。

「すごい」怯えながらも、ディーラーは感嘆している。

「テクノロジーが、まったく朽ち果てていない。どれほどの文明がここにあったんだ」

と、ディーラーがつぶやいているあいだも、ロボットはどんどん増殖していく。地表から供給されるパーツはほぼ無限にあると言っていい。

見る間に十数体のミミズが完成した。

ジョウとディーラーを取り囲んでいる。頭部にあたる位置の先端に丸い穴があいている。全身真っ黒だが、その穴のところだけ銀色だ。

「ヒートガンを構えろ」ジョウはディーラーと背中合わせになった。

「話は生き延びてから聞いてやる」

「え……あ……うっ」

ジョウに言われて、ディーラーはヒートガンを握り直そうとした。だが、手が震えている。指もうまく動かない。

「わっ」

ディーラーの指先からヒートガンがこぼれ落ちた。

まさに、その一瞬を狙うかのように。

ミミズの大群がいっせいに襲いかかってきた。

「伏せろ！」

ジョウがディーラーの背中に体をかぶせた。と同時に、宙を舞うヒートガンを左手で捉えた。

ディーラーが膝を折り、俯せに倒れる。

ディーラーの上で、ジョウが体をひねる。

右手にレイガン、左手にヒートガンを持ち、トリガーボタンを絞った。

乱射する。しゃにむに撃ちまくる。まわりはミミズだらけだ。どうやっても外れることはない。

レーザービームがミミズの胴を切り裂き、ヒートガンの炎が、その頭部を灼いた。

砕け散る。ダメージを受けたミミズがもとの細かいパーツに戻る。

地表が再び割れた。ひび割れ、あらたな山がいくつかできる。それが崩壊して四方に散り、あらたなミミズが生まれる。

それをまたジョウが灼く。ビームで粉砕する。

「だめだ。きりがない」

ディーラーが言った。ディーラーは腹ばいになってジョウの下にいる。首をもたげ、周囲を見まわしている。

「ぶしゃっ！」

異様な音を、ミミズが発した。

頭部の穴から、液体が吹きだした音だ。ホースから水がほとばしった。いや、水ではない。もっと粘度が高い。

「ちいっ」

ディーラーを背後から抱き、ジョウが横に転がった。

ゼリー状の液体が地表に落ちた。放射状に広がるが、中央は丸く盛りあがっている。

粘着液だ。

ジョウは液体の意味を悟った。確認はしていないが、この液体に毒性がないのなら、
ミミズたちはジョウとディーラーを捕獲しようとしている。

なぜ？

その目的は？

考えているひまはなかった。

ミミズの群れがふたりめがけて押し寄せてくる。

ジョウはディーラーを立たせた。

「俺から離れるな」

「何をする気だ？」

「ここを灼く」

「ここ？」

ミミズの数が増えていた。ヒートガンで灼いても、効果はない。地表が崩れ、パーツになり、それがつぎつぎにあらたなミミズへと組みあげられていく。このままでは、い

ずれ追いつめられる。

ならば。

ジョウはヒートガンをホルスターに戻した。

右手でジャケットのボタンをむしりとった。

クラッシュジャケットのボタンは、ただのボタンではない。もちろん飾りでもない。アートフラッシュだ。強酸化触媒ポリマーを円盤状に成形したものだ。これを定められた手順でジャケットから剝がして投げると、一気に炎上する。その協力な炎は金属であろうと、石であろうと焼き尽くす。あとには灰すら残さない。

ジョウはアートフラッシュを地表に向かって投げた。

鈍い音が響き、爆発的にオレンジ色の炎があがった。

ミミズの群れは狙わない。狙っても無駄だ。狙うのなら、大もとだ。パーツの供給源だ。

黒い地表がごうごうと燃えさかる。

「ジョウ！」

ディーラーが血相を変えた。まさかこの貴重な古代遺跡に火を放つとは思っていなかった。

「走るぞ」ジョウはディーラーの腕をつかんだ。

「こいつらから逃げる」

ふたりのまわりでは、ミミズの群れが変形をはじめていた。何か違う形状に身を変えるらしい。

「安心しろ」ジョウが言った。

「火は、たぶんこいつらが消してくれる。俺たちはその隙にここから離れる」

走りだした。その背後で、ミミズから姿を転じた異様な物体が、白いガスを噴出させている。ガスを浴びると、アートフラッシュの炎が勢いを失う。

「ったく、とんでもない科学力だぜ」

動きの鈍いディーラーを引きずりながら、ジョウはつぶやいた。

第六章　異種知的高等生命体

1

かなりの距離を走った。とはいえ、ディーラーを連れての移動である。全力疾走というわけにはいかない。

それでも、ミミズの群れが視界から消えた。アートフラッシュの炎も見えなくなった。

ジョウは歩をゆるめた。ディーラーの呼吸《いき》が少し荒くなっている。引きずるのは、とうにやめた。ディーラーは自力でジョウにつづいて走ってきた。

「さっきのは、なんだ？」ぜいぜいとあえぎながら、ディーラーが訊いた。

「攻撃にしては、へんだった」

「吐いていた液体は粘着性のものだ。あれで俺たちを捕まえるつもりだったんだろう」

ジョウが答えた。

「生け捕りにしたかったのか？」

「ここの住人のポリシーかもしれない」

ジョウは周囲を見まわした。風景に変化はない。黒い地表が広がり、行手は白くかすんでいる。

「異種生命体の考えていることだ」ディーラーは首を横に振った。

「さっぱりわからない」

「同感だな」

「で、どっちに行く？」

ディーラーはジョウを見た。

「それは……」

ジョウの足が止まった。

前方に視線を据えている。

「どうした？」

ディーラーが横に並んだ。

「！」

ジョウの視線の先に、黒い影があった。霧の中から、忽然とあらわれた。

「建物？」

ディーラーがつぶやく。

「そう見えるか？」

ジョウが訊いた。

「ああ」

それは、大型のモニュメントだった。形状はいびつで、ジョウの目から見ると、デザイン的にととのっているところはひとつもない。高さは三階建てのビルくらいだろうか。小さな積木を床に広げ、それを無造作に積みあげたような構造物だ。

「あそこに入口がある」

ディーラーが右手を突きだした。

構造物の正面、左端だ。

たしかにそれらしき空間が、構造物の壁面に口をあけている。

「あれは絶対に異種知的高等生命体の住居だ。賭けてもいい」

ディーラーが断言した。

「どうする気だ？」

「もちろん、中に入る」

ジョウの問いに、ディーラーは即答した。

「罠かもしれないぞ」

「中に異種生命体がいる可能性がある。罠だろうがなんだろうが、入るしかない」

「危険だ。賛成できない」

「ぼくひとりでも行く」

「そんなマネはさせられない」

「じゃあ、ついてきてくれ」

「…………」

ディーラーはにやりと笑った。護衛として雇われたジョウに、雇用主の行動を制限する権利はない。

「行くぞ。ファーストコンタクトめざして」

ディーラーは、意気揚々と歩きだした。やむなくジョウはそのあとにつづいた。あらためてレイガンを構え、周囲に目を配る。この地表は油断ができない。いつばらばらになり、ロボットと化して襲いかかってくるか、予測不可能だ。

いっさいためらうことなく、構造物の中へとディーラーは突き進んだ。入口をくぐるときは、さりげなくジョウがディーラーの横に並んだ。

内部に入った。

窓のない構造物だが、壁や床が淡い光を放っていて、視界は十分にある。

だが。

そこには何もない。

眼前に広がっているのは、がらんとしたホールだ。

「おーい!」

いきなり、ディーラーが声をあげた。手を振り、呼びかけた。

ジョウの頬が小さく跳ねる。あまりにも天真爛漫だ。しかし、どうしようもない。

ホールを横切り、ディーラーが壁に近づいた。

「うかつに触れるな」

ジョウが言った。

「大丈夫だよ」

ディーラーが首をめぐらして応じた、そのときだった。

壁が倒れかかってきた。

「ちいっ」

ジョウがダッシュした。ディーラーの上にかぶさり、床に転がった。

倒れた壁が床に落ち、その衝撃で床が崩れた。

違う。壁が倒れるのと、床が崩れるのは同時だった。

砂山が崩壊するかのごとく、床面がなだれ、落下した。

瞬間、ジョウとディーラーのからだが宙に浮く。

抗うひまはなかった。気がつくと、ふたりはもう粒状化した床の中に首まで呑みこまれている。

まるで流砂だ。床の崩壊で、矩形《くけい》の穴が生じた。そこに、ふたりは吸いこまれた。

腰が硬い面に触れた。穴の底に達したかとジョウは思ったが、そうではない。

すべり落ちている。ジョウとディーラーが横に並んで。

これは、一種のすべり台だ。ふたりは傾斜した台に乗った状態で落下しつづけている。

闇がジョウとディーラーを包んだ。頭上にひらいていた穴がふさがった。

滑走は止まらない。

「すごい！」

ディーラーの声が、ジョウの耳朶を打った。

無邪気な、感嘆の声だった。

アプサラとネレイスは、身じろぎもせず、静かに向かい合っていた。

先に動いたのは、ネレイスだった。動いて背を向け、ゆっくりと這い進んだ。と同時に、アプサラの意識にイメージが入ってきた。

「ついてこい」

そう言っている。

通路とおぼしき空間を抜けた。正面に壁が見えた。そこに扉のようなものがはめこまれている。ここにきて、はじめての扉だ。

アプサラが前に立つと、扉が渦を巻くようにひらいた。

中に入る。

またもやがらんとしたホールにでた。今度はさらに広い。天井が高く、ドームになっている。

一角が階段状になっていた。ステージだ。床が五段ほど盛りあがっている。

ネレイスがそのステージに向かい、ヒレを使って階段を昇った。

ステージ上で体をひねる。あらためて、アプサラに向き直った。

アプサラは足を止めた。ステージを見上げる。国王の謁見《えっけん》を受ける家臣のような位置だ。しかし、威圧感はない。漂う空気が穏やかだ。

声が頭上から降ってきた。銀河標準語だ。なめらかだが平板な発音は、明らかに合成音声である。ウオーラスと常に会話を交わしているアプサラにはそれがわかる。

「わたしはネレイス。この星に生きる生命体だ」

直訳のような言葉遣い、とアプサラは思った。

「あなたとわたしは意識が通じ合う」ネレイスはつづけた。

「なぜそうなのかは、わたしにもわからない。だが、この五十一万レトスの間で、このように異種生命体と意識が通じたのは、あなたがはじめてだ」

「あたしはアプサラ。GMOよ。GMOの概念は理解できるかしら？」

「できる。わたしはここに植民してきた生物の情報を精査してきた。人工生命体のことだな」

「ええ」アプサラは小さくうなずいた。

「もとになったDNAは人類《ヒト》と呼ばれる、ここに植民してきた生物のもの。でも、あたしはヒトではない」

「なるほど。人工生命体というのなら、わたしも似たようなものだ。このウフロは、仮の姿。三十二レトス前に捕獲し、その肉体にわたしの自我と記憶を埋めこんだ」

「想像もつかない技術だわ」

「実際のところ、わたし自身、わたしが本当にわたしなのか、疑問を抱いている。きみたちの世界でいうコンピュータにもわたしの自我と記憶を移植させることは可能だ。だが、そうやってつくられた機械の塊がわたしだと、本当に言いきれるだろうか？」

「むずかしいわね」

「つまるところ、わたしは人工生命体だ。かつて、この星で生きて、仲間と語り、日々を送っていたわたしそのものではない。自我と記憶は受け継がれたが、わたしはとうのむかしに滅んだ存在だ」

「意識が通じ合うのは、人工生命体同士の共鳴現象かしら」

「わからない」

ネレイスが首を上下に揺すった。どうやらこれが否定を意味するしぐさのようだ。

「わからないが、絶対にないとも言えない」ネレイスは言葉をつづけた。

「きみたちの概念にテレパシーというものがあった」

「いわゆる超能力のひとつね。そんな情報まで収集しているの？」

「時間はいくらでもある。ここに人類が移民してきたときからずうっと、わたしはかれらを観察してきた。通信、放送、データバンク、そのすべてにわたしはアクセスできる。わたしは人類の誰よりも人類に関して精通しているかもしれない」

2

「それだけの技術がありながら、本来のあなたの姿は復元できないのはなぜ？」

アプサラが訊いた。

「あなたが言っているのは、クローニングのことだと思う」

「ええ」

アプサラはうなずいた。

「わたしの細胞も、DNA情報も、すべてここに保存されている。だが、肉体の再現には至っていない。人類の情報を得てわかった。この分野ではわれわれの技術は、きみたちのそれよりも劣っていた。しかも、わたしは遺伝子工学を学んだわけではない。高度な情報を手にしても、なすすべがなかった」

「それで、ウフロを使って……」

「質的、容量的に脳が適合していたのは、ウフロだけだった。だが、ウフロは寿命が短い。このからだも、あと五、六レトスほどで死を迎える」

「時間の単位が理解できないわ」

「大雑把《おおざっぱ》だが、五十一万レトスは、きみたちの暦で十二万七千四百年だ」

「じゃあ、一年くらいで」

「あらたな個体に、自我と記憶を移さないといけない」

「大がかりな作業なの?」

「簡単ではない。ウフロは弱い生物だ。移植作業のたびに十数体がその犠牲となる」

「意外だわ」

「…………」

「万能の神のような存在に見えたのに」

「わたしは、ただの異文明の生き残りだ。一介の技術者で、専門は機械工学。きみたちの概念とは少し違うかもしれないが、適切な訳語がない」

「エンジニアなのね」

「この空間のシステムは、わたしが設計した。空間そのものは他の者が担当した。かれらは自我と記憶を保存する前に全員が死んだ」

「その中に遺伝子工学の研究者は？」

「このエリアにはいなかった。本来のわたしの姿は、きみたちとも、ウフロとも大きく異なっている。同じように海中で生まれ進化してきたが、この星の海獣たちは、明らかにわれわれと進化の系統が違う生物だ。技術があったとしても、かれらの体内でわたしの胚を育てることはできない。できたのは、脳を借りることだけ。それのみだった」

「それだけでも、十分、驚異に値する技術よ」

「そうかな」

「ウフロの姿をしながらウフロではないあなたは、それでも、この星の原生知的高等生命体。あたしは、そう思う」

「人類は、われわれの文明を買いかぶりすぎている」

「種族名を知りたいわ。人類、ヒト、人間に相当するあなたたちの言葉を。自分たちのことをなんて呼んでいたの？」

口笛のような音が甲高く響いた。人間には正確に聞きとれない音域の音だった。

「発音できないはずだ」

「みたいね」

「だから、あなたにはネレイスと名乗った。あらゆる意味で、わたしはネレイスだ。いつか人類と接触することがあったら、そう名乗ろうと決めていた」

「人類との接触……」

「わたしは、あなたを人類の代表として、ここに迎えた」

「大きな誤りよ」アプサラの声が、わずかに高くなった。

「あたしは人類じゃない。人類はエラを持たない。補助機具なしで海中に棲むことなんてできない」

「エラはわたしにもあった。姿は異なっていても、何かしら近いところはある」

「知的生命体って、獲得した文明があるレベルにまで成熟したら、倫理や感性に関して、行き着く場所は同じじゃないかしら」

「どういう意味だろう？」

「あたし、驚いているの。こうやって言葉を交わしていて。目を閉じていたら、人類の誰かと話をしていると錯覚してしまいそう」

「メンタリティに違和感を感じないということかな？」

「ええ」

「重要な研究テーマだ。これもわたしの専門分野ではないが」

そう言って、ネレイスはきゅるきゅるというきしみ音に似た音をしばし響かせた。

「いま、笑ったの？」

アプサラが訊いた。

「人類の概念にあてはめれば、そうだ。われわれにも、笑うという行為はあった。何十万レトスも前には」

「五十一万レトス前に、何が起きたのか、知りたいわ」

「戦争だ。いま、きみたちがここでやっていること、そのままだ」

「原因は？」

「それも、きみたちの戦争と同じだ」

「…………」

「種の保存を最優先としている以上、すべての生物は必ず戦争を起こす。戦争のできない種は滅びていく。だが、戦争もまた種を滅ぼす。生命はそうやって、種から種へと受け継がれていく」

「…………」

「見せよう。われわれの歴史を」

イメージが流れこんできた。

唐突に、アプサラを囲む風景が一変した。

テレポートでもしたのかと思ってしまうが、そうではない。

アプサラの脳内で、視界が、イメージによってもたらされた映像に置き換えられたのだ。

その映像は、いままで与えられたどのイメージよりも鮮明だ。どう瞳を凝らしても、実在の景色としか思えない。

深い海中に、白い光の帯がいくつも流れていく。

光源は異形の水棲生命体だ。身にまとう衣服、頭部の装飾物が、その光を放っている。足はヒレ状だ。しかし、腕は人間のそれに近い。指の間に水かきがある。腕も足も二本ずつだが、足の中央には長い尾が伸びている。その尾が海中での推進機関だ。上下左右に振り、高速で泳ぐ。体長は、尾も含めて三メートルほどだろうか。

一体がアプサラに向かって、まっすぐに迫ってきた。顔が見える。眼球がでかい。しかも、半球状に飛びだしている。まぶたはない。口が大きく裂け、牙状に尖った歯が口腔内にびっしりと並んでいる。

映像が変わった。

かれらの歴史が流れた。記録ムービーからの流用らしい。それをネレイスがイメージ化して、アプサラの脳内に送りこんでいる。

マルガラスの海に原始生命体が生まれて、それが環境の変化とともに進化し、さまざまな生物へと枝分かれしていく。

魚類、貝類、両生類、水棲爬虫類。

種の命運を懸けた熾烈な争いの結果、両生類がこの星の覇権を握った。わずかに存在した陸地にあがり前ビレを前肢として進化させ、それが後に腕となった。これが決定打である。これにより進化は急加速し、脳が発達した。道具をつくり、火を扱い、武器で狩猟をする。

人類のそれとほぼ同じだ。

集落がつくられ、それが国家となる。動力機関が発明され、一気に工業化が進んだ。海水からエネルギーが抽出され、武器もより強く、より大型化された。

そして。

戦争の時代へと突入した。文化、文明が興れば、必ず軋轢《あつれき》と対立が発生する。その戦争が、さらなる技術革新の推進につながり、文明はますます発達していく。

長い、長い戦乱の日々の後、ようやく平和の時が訪れた。もちろん、国と国とのあやういパワーバランスの上に乗った見せかけの平和だ。しかし、それでも小競《こぜ》り合い以外の争いはひとまず鎮まった。各国は科学技術の発展を競い、新兵器の開発を推し進めた。

五十一万レトス前、最終戦争が勃発した。

使ってはいけない兵器が戦場に投入された。

きっかけは単純だった。

個体数が増えすぎたのだ。マルガラスの海は増えすぎた人口を養えるだけの余裕がなかった。

最大の問題は、かれらの行き場がこの海以外、どこにもなかったということだ。

「人類は、宇宙のどこかから、この星に植民してきた」ネレイスの声が言う。「この広い海からあふれてしまうほどにわれわれは増えてしまった。だが、ついに海からでて宇宙に向かうという発想はでてこなかった。海がなければ、生きられない。宇宙の果てに海があったとしても、そこにどうやってたどりつくというのか。われわれにとって、世界とはここだけであり、そのほかに世界はなかった」

イメージが消えた。視界が、もとに戻った。階段上のステージがあり、そこにネレイスがいた。変化は、何もなかった。

3

「機械工学の技術者と言っていたわね」

アプサラが言った。

「ああ」

「軍人ではなかったの？」

「軍属ではない。だが、最高指導者から国家防衛システムの構築をまかされていた」

「システム？」

「われわれの都市は、大きく分けるとふたつの構造がある。ひとつは、海底に建てられた居住用建造物の集合体だ」

「いわゆる海中都市ね。人類の故郷、テラにもあったと聞いてるわ。都市全体をドームで覆っていたらしいけど」

「エラがない生物では、そうするしかない」

「ええ」

「もうひとつは、岩盤にトンネルを掘り、そこに海水を引きこんだ地下都市だ」

「海底都市と、どう違うのかしら？」

「一言で言えば、戦争に強い。岩盤が国そのものの防御壁となってくれる。海底都市は無防備だ」

「…………」

「さらにそれを強固なものにするため、わたしは仲間とともに研究を重ねた。結果、地下都市そのものを不可視化する技術を築きあげた」

「都市のステルス化」

「実験的に小さな都市を不可視化してみた」

「もしかして、ここのこと？」

「そうだ」

「すごいわ」

　アプサラは周囲を見まわした。

「潤沢な予算、才能豊かな仲間たち、豊富な作業員、制約のない権限を与えられ、わたしは激しい戦争の結果、どのようなことが起きても、数千人が人類の時間単位で千年程度は問題なく暮らせるようにと、ここをつくった」

「でも、そうはならなかった」

「完成が一歩、遅かったのだ。生物化学兵器が使用され、海が汚染された。敵も味方も、そのほとんどが死んだ。あとでわかったのだが、生き残ったのは、ここにこもっていた二百三十一人だけだった。わたしはかれらとともに、ここでシステムの最終調整をしていた」

「…………」

「問題は、状況を調べるために何人かがここと外を出入りしていたことだった。それが、この内部にも深刻な汚染を呼びこんだ。作業員も仲間も、つぎつぎと死んでいった。そして、わたしがひとり残った。そのときわたしは最後の手を打った。わたしの自我と記憶を取りだして、仲間のDNAデータとともに、システムに保存したのだ」

「死者から自我と記憶を取りだすのは無理だったのね」

「生者からであっても容易ではない。わたしの脳も、その際に大きなダメージを蒙《こうむ》った。それがわかっていたから、わたしは完全自動化システムを構築し、メンテナンスから修復、さらには改良も、システム自身でできるようにしておいた。エネルギー源は、無尽蔵に存在する海水だ。その中には、装置や住居の建材の原料となる鉱物も十分に含まれている。計算では誰の手を借りることもなく、この都市はほぼ永久に生きつづける。そう考えていた」

「そのとおりよ」アプサラはあごを引いた。

「実際、驚異的に長持ちしたんじゃないかしら。人類の科学力では、ありえない。星々を行き来できても、あたしたちはまだそこまでは行ってない」

「わたしの寿命が尽きたとき、システムはプログラムどおりに作動し、わたしの仮の肉体となる生物を探した」ネレイスは言を継いだ。

「だが、戦争の余波はわれわれ以外の生物にも及び、適当な生物は、なかなか見つからなかった。新しい肉体を得るまでには、十数万レトスもの時間が必要だった」

「ウフロね」

「さまざまな海獣が生まれては消えていった。問題は脳の容量だった。システムはそれら海獣のＤＮＡにも手を加え、より高度な生物への進化をうながした。そうやって誕生したのが、いまのウフロだ」

「それで、あなたは甦った」

「先ほど言ったように、正確には、甦ったわけではない。保存してあった自我と記憶が異形の肉体を得ただけだ。それは生命としての意味では、わたしではない。わたしは間違いなく死んだ。だが、死んだという認識は存在しない。不思議なものだな。本来のわたしはどうなってしまったんだろう」

「人間は魂という概念を持っている。自我と記憶が魂を形成しているのなら、その意味ではあなたは甦ったと思うわ」

「本当に、そうだろうか？」

「それは、あなたがそのことを信じるかどうかで決まる」

「たしかに」

「…………」

　しばし、言葉が途切れた。

　自我と記憶だけがシステムによって異生物に移されたネレイス。人工的につくられ、この宇宙のどこにも存在しない生物として生まれてきたアプサラ。

ふたりの精神が重なり、目に見えぬひとつの場をこの空間に形成している。不思議な感覚が、アプサラを包んだ。

心地いい。

気持ちが落ち着く。

胎児が母親の腹の中にいるときの気分は、こんなふうなのかもしれない。そう思う。

もちろん、アプサラにその体験はなかった。彼女は人工子宮で育ち、生まれでた。この感覚を味わったことはない。

なんという深いやすらぎ。

いま、何が起きているのか？

彼女にはわからない。

「ここに人類がきたことは？」

アプサラが訊いた。

「ない」ネレイスは静かに答えた。

「この空間は、人類が有しているすべてのセンサーから隔離されている。何か異常を感じている者はいたようだ。しかし、たどりついた者は皆無だ。わたしは海獣たちを放って情報は多く集めたが、かれらを招くことはしなかった。もちろん、捕獲もしていない。

傷つけたこともない。そういった行為は、必ずわたしのもとに災いをもたらすから」

「あたしを招いた理由は？　どうしてすべてを教えてくれたの？」

「意識が通じ合ったからだ。先にも言った。なぜかはわからない。だが、このウフロの脳と、あなたの脳がシンクロしている。そんな気がする」

「！」

　イメージが乱れた。

　穏やかな水面にとつじょとして高波が立ったような乱れ。

　不安を感じさせる波動だ。アプサラの背すじがざわついた。表情がこわばる。

「どうしたの？」

「このふたりだ」

　あらたなイメージがアプサラに届いた。

　ふたりの男の姿が、彼女の眼前に出現した。

「あなたと一緒にいた仲間だな」

　ネレイスが言う。

「ジョウとディーラー」

「武器を持っている。このままにはしておけない」

「何をする気？」

「傷つけたりはしない。いったん捕獲して監禁する。そして、しかるべきときに解放する。──ただし、この空間のことを忘れてもらえるのなら」

「…………」

「可能だろうか？」

「ディーラーは無理かもしれない。あの人は、先史文明の発見に全身全霊を傾けている。忘れるどころか……」

そこで、アプサラの言葉が切れた。

足もとが揺れた。

強い揺れだった。突きあげるようなショック。一瞬だったが、はっきりと伝わった。

「あらたな侵入者だ」

ネレイスが言った。

「侵入者？」

「空間のシェルを破壊して入ってきた。かなり強引なやり方だ」

「そんなことができるの？」

「わたしも少し驚いている。人類は侮《あなど》れない存在だ」

「どうするつもり？」

「排除する。あなたの仲間でないのなら」

アプサラの視界に映像が浮かんだ。鮮明な立体映像だ。

岩盤を破り、空間内に突入してくる潜水艦が見えた。大型艦だ。外観は横倒しになった宇宙船に似ている。転用艦かもしれない。

映像がズームした。潜水艦が海面に浮上する。何頭もの大型海獣がその船体を取り囲んだ。海獣たちは、なんらかの方法で潜水艦を攻撃しているらしい。サイボーグ化されているようだ。頭部が金属のようなもので覆われている。

艦名が見えた。船腹に飾り文字で描かれていた。

グリンディロ。

そう読めた。

「！」

アプサラの顔色が変わった。

とつぜん。

潜水艦が垂直上昇を開始した。

海面上でサブノズルを使い、まっすぐに上昇する。

考えられない操船だ。

空中に浮きあがった。その勢いで、まとわりついていた海獣たちを振り払った。

高く舞いあがり、転針する。

「迎撃するしかない」

ネレイスが言った。

「待って！」

アプサラが叫んだ。

「…………」

「かれらなら、話せばわかってくれる」アプサラは言った。

「ここを荒らしたりはしない」

「かれらも仲間なのか？」

「いいえ」アプサラは首を横に振った。

「違うわ。でも、あたしはかれらを知っている。ううん、そうじゃない。向こうが、あたしを知っている」

「かれらは強力だ。さっきのふたりのように、無傷で捕獲するのはむずかしい。だが、わたしはあなたを信じる」

「うれしいわ」

「攻撃を控えよう」

4

〈グリンディロ〉が着水した。

再び海上に戻った。

「明らかに人工構造物だな」

メインスクリーンを見つめ、タロスが言った。

数百メートル先に、島がある。黒い、平坦な台座のような形状の島だ。

「建物があった」キングが言った。

「上空で確認した。すげーへんな形をしていたが」

「なんか、ガラクタの塊みたいだったぜ」

リッキーが言った。

「そんなことより、ジョウよ！」アルフィンが高い声で割りこんだ。

「まずはジョウがどこにいるのか、探して」

「そう言われても」

キングは肩をすくめ、唇をとがらせた。

「とにかく上陸しよう」タロスが言った。

「話はそれからだ」

「接岸はむずかしい」助かったという表情でキングは首をめぐらし、視線をスクリーンに移した。

「岸壁に近づいたときに何が起きるか予測できない」

「いきなり串刺しってこともありうるな」

タロスはうなずいた。

「ロープを張って、そこを渡るしかない」

ソレルに向かって、キングがあごをしゃくった。

「射出の準備はととのっています」

サブスクリーンに映像が入った。３Ｄの模式図だ。人工島と〈グリンディロ〉の位置関係が一目でわかる。

「距離三百メートルまで、島に接近」

「三百メートルの綱渡り？」

キングの指示に、リッキーが目を剝いた。

「大丈夫だ」キングはにっと笑った。

「ぶらさがっているだけでいい。あっという間に運んでやるよ」

艦尾に移動した。

宇宙船の転用艦なので、甲板はない。ハッチをひらき、そこから射出機を突きだしている。その下に、乗員たちが集まった。中には、もちろん、三人のクラッシャーもいる。

ソイバートは非常時に備え、〈ドニエ〉のコクピットに入ってもらった。

「ロープを張り終えたら、ベルトで上体を固定する。あとは、自動的に岸壁まで運ばれていく。何もしなくていい」

ソレルがタロス、リッキー、アルフィンに説明した。

「アンカーを岸壁に打ちこむんでしょ」アルフィンが言った。

「そのまま激突ってことにならない？」

「センサーがついている。岸壁の直前五十センチで自動停止だ。あとは、ベルトのロックを解除して、自力で上に這いあがってくれ」

「自力かよ」

タロスの口調が、いまひとつ渋い。

サイボーグ化されていて体重の重いタロスは、アクロバティックな動きが苦手だ。これに関してだけは、しばしばリッキーに後《おく》れをとる。

準備が完了した。

カウントダウンがはじまった。全員が耳をふさいだ。

轟音が響き、アンカーが射出された。ジェット噴射で飛び、自動制御で目標に到達する。

はたして刺さるかな？

タロスは、そう思っていた。相手は異種生命体がつくった超文明の産物だ。容易に破壊できるとは、とても考えられない。キングご自慢のアンカーといえども、弾き返される可能性が少なからずある。

射出と同時にタロスはラッタルを昇り、ハッチの外へと顔をだした。

風が、タロスの頬をなぶる。

霧が白い。視界が悪く、景色は何も見えない。ただ、距離が近いためか黒い岸壁が霧の中にぼんやりと浮かびあがっている。

鈍い音が耳に届いた。

と同時に、ハッチから引きだされていた太いロープがぴんと張った。

「抜けねえぜ」

タロスの横から声がかかった。キングだ。

「突き刺さったら、こっちのもんだ。あの島を誰がどうやってつくったかは知らないが、アンカーは回転しながらぎりぎりと食いこんでいく。内部で羽根がひらき、一万トンの荷重が加わっても抜けなくなる。そういう仕組みだ」

「まずは人類の勝ちだな」

タロスが笑った。

「勝負はこれからさ」

ベルトが、ロープにかけられた。

先頭はキングがとった。

「艦長が一番乗りだ。銀河の常識だろ」

胸を張って主張する。

タロスといえども、力を借りる立場では反論できない。

キングがスタートした。そのうしろにタロス、リッキー、アルフィンがつづいた。一応、これはクラッシャーに対するキングの配慮だ。

滑車のカバーに装着されたボンベの圧縮空気で加速し、あっという間にロープを渡りきった。

センサーが反応し、滑車の回転にブレーキがかかる。

キングが肩にかけていたランチャーを構えた。

崖に向かって撃つ。

あらたなロープが飛んだ。細いカーボン樹脂のロープだ。その先端が、崖の上に消えた。

先端には粘着剤が仕込まれていた。それが地表に当たると、つぶれて貼りつく。打ちだされたロープが固定される。

そのロープを使って、キングはひらりと崖上にあがった。見た目よりも身が軽い。

「やるじゃねえか」

タロスは小さく鼻を鳴らした。

カーボン樹脂のロープは崖に垂れさがったままである。後続の者は、これを使えということだ。

タロスも上陸した。腕を伸ばしてロープをつかみ、キングに引きあげてもらった。少しもたついたが、なんとか落下は免れた。二度、崖に腰と顔面をぶつけた。

全員が人工島の上にあがった。

「どじどじだね」

地表にへたりこんでいるタロスを見て、リッキーが言った。ぶつけた額が、赤く変色している。

「バカ言え」タロスはうなった。

「崖の素材を確認するため、わざと当たってみたんだ」

「そんなの、ここでわかるじゃないか」

リッキーが足もとを指差した。

「地表と崖は同じじゃねえ」

「へっ」

リッキーは鼻先で笑った。

「出発するぞ」

声を張りあげ、キングが言った。

「どこへ？」

アルフィンが訊く。

「さっき上から見ただろ」キングは背後を指差した。「あっちの方角だ。そこに建物らしき構造物があった」

「ガラクタを寄せ集めたような構造物だ」

リッキーが言った。

「そこにジョウがいるの？」

「わからねえ」キングは首を横に振った。

「だが、そこに何かがひそんでいる可能性は十分にある」

「とにかく行こう」タロスが立ちあがった。

「俺たちは、俺たちの仕事が最優先だ。ディーラーの無事を一秒でも早く確認したい」

上陸部隊が、動きだした。

キングの仲間とクラッシャー、合わせて二十六人だ。

十分ほど進むと、行手に黒い影があらわれた。

白い霧の壁に、いびつな形状のシルエットが浮かぶ。

「建物だ！」

リッキーが言った。

「廃墟じゃねえのか」

タロスは疑っている。

「入口はどこ？」

アルフィンが前にでた。すでにレイガンを右手に構えていて、突入する気満々である。

「あせるな。慎重に動け」

さすがにキングが止めた。腕を伸ばして、アルフィンを制した。

「キング、右手を見てください」ソレルが言った。

「口があいてます」

指差している。

全員が、その先をいっせいに見た。

構造物の端のほうだった。そこに、たしかに入口らしき切り欠きが存在する。

「デザインというか、構造というか、そういうものの感覚が俺たちのそれとまったく違う」

キングが言った。

「どうする？」

タロスが訊いた。

「入るさ。そのために、ここまできたんだ」

「じゃあ、今度は俺が一番乗りだ」

タロスが覗きこむようにキングの顔を見た。

そのとき。

「待った！」

リッキーが叫んだ。

「中から何かでてくる」

緊張が走った。空気がぴんと張りつめた。

全員が身を低くし、それぞれの武器を前方に向かって突きだした。

指がトリガーボタンにかかっている。

「…………」

無言で、異種生命体の居住用とおぼしき建造物を凝視した。

姿が見えた。

5

白い霧が横に流れ、視界がクリヤーになっていく。

誰の目にもはっきりとわかる、人の姿が出現した。

そう。

人間だ。

それも女性である。

すらりとした細身のシルエット。黒い髪が長い。

女性が首をめぐらした。

キングをまっすぐに見た。

「！」

キングの表情が変わった。

「水巫女様」

言葉が漏れる。

異文明の建造物からでてきたのは。

アプサラだ。

「水巫女様？」

「水巫女様」

「水巫女様！」

そこかしこから、声がつづけてあがった。

アプサラは、歩を止めた。

「ここに、兵器、火器はほとんどない」

と、ネレイスはアプサラに向かい、言った。

彼女が、この場にでてくる直前のことだ。

「工作用途の機器や装置を防衛用につくり変えたものを除けば、あるのは、人間たちが放棄したギグという装甲兵器のみだ。それしかない」

「そのギグは何体？　動くの？」

「修理した。改造も施した。また、ここにある素材であらたにつくったギグもある。おそらく、それは本来のギグよりも強力だろう。総数で三十一体。わたしは乗れないが、遠隔操作ができる。人間の搭乗も可能だ」

「ここは、内部からの攻撃に弱いみたいね？」

「そのとおり。そもそもが実験都市だ。侵入されたら、破壊を確実に防ぐ手段がない。運用システムが、この空間全域に存在している。システムが停止し、ステルス化が破られたとき、ここは丸裸になる。もちろん、修復プログラムを備えたナノマシンを海中に放っているが、それでも追いつかないほどの損傷を受けたら、すべては終わる」

「人類による文明の略奪」

「そのときは、わたしも決断する」

「決断……」

「わかるだろ」

「ええ」

「それでいいか？」

「いいわ」

アプサラはうなずいた。選択肢は、ほかにない。

「では、これをあなたに装着する」

床からアプサラの脚へと、ナノマシンの塊が這いあがってきた。直径数ミリの半球体だ。生物のようにうねうねと蠢いて前進する。

ナノマシンの塊は腰から脇を抜け、首すじを登ってアプサラの耳のうしろで停まった。

「それは、わたしとの通信機だ。人類の機器が使えないこの状況下でも、それなら通話可能だ。イメージではなく、言葉で情報を交換できる」

そして、アプサラは広間を離れ、建物の入口へと戻った。

外にでると、そこに一群の人間が立っていた。

「水巫女様」

かれらが、そう言った。

水巫女。

何年ぶりだろう。そのように呼ばれるのは。

一群の真ん中にふたりの男がいる。

ひとりはクラッシャーだ。大男で、顔が傷だらけである。

もうひとりは、この一群の指揮官だ。雰囲気でわかる。背はクラッシャーよりも低いが、肩幅が広い。ひげに覆われた顔は、やはり傷だらけだ。

この男の名をアプサラは知っている。

ホーリー・キング。グリンディロでは下級神官のひとりだった。銀河連合の拘束を免れ、まだ十歳の子供であったアプサラのグリンディロ脱出に尽力してくれた。だが、その後は一度も会ったことがない。

実に十五年ぶりの再会である。

「水巫女様」

キングが膝を折った。

地表に正座し、ひれ伏した。他の者も、それに倣った。三人のクラッシャーだけが、とまどいの表情を浮かべて、棒立ちになっている。赤いクラッシュジャケットを着ているのは、アルフィンだ。もうひとりの子供のような顔のクラッシャーは、はじめて見る。

「…………」

「こいつがアプサラか」

タロスがつぶやいた。

「本当に美人だ」リッキーが言う。

「これでGMOって、マジかよ」

アルフィンがアプサラに向かって歩を進めた。

「ジョウはどこ？　ディーラーは？」

高い声で、訊いた。

「大丈夫、ふたりとも無事よ」

アプサラが口をひらいた。

アプサラとアルフィンの視線が、激しく絡み合う。

「ただし」アプサラは言を継いだ。

「行動の自由は制限されている。ジョウもディーラーも、ここにくることはできない」

「どういうこと？」

「ここは人類がきてはいけない場所なの。素直に引きあげれば、みななにごともなく、もとの世界に帰還できる」

「それは、水巫女様もそうなのか？」

キングがおもてをあげた。座したまま、アプサラに問うた。

「…………」

「俺たちは、水巫女様を迎えにきた。水巫女様さえ、俺たちと行動をともにしてくれるのなら、何もしない。即座に引きあげる。この空間のことも他言しない」

「拒否したら、どうする気？」

「ここから動かない。水巫女様が翻意されるまで、この場にいすわる」

「理不尽なまねは――」

と、アプサラが言い返そうとしたときだった。

どおんという鈍い音が空気を震わせた。

地表が激しく上下する。

ざわめきが起こった。何人かは立ちあがり、あわてて武器を構え直した。異生物の襲撃と思ったのだ。

アプサラの意識にイメージがきた。ネレイスの人工音声も聞こえた。

「あらたな侵入者だ」声が言う。

「どうやら、あなたの知り合いはあとを尾《つ》けられたらしい」

「何ものなの？　映像はある？　ここにいる全員に、それを見せたい」

小声で、アプサラは言った。

「いいだろう」

白い霧のベールが少し濃くなった。

建物のすぐ横だ。

そこに映像が大きく浮かびあがった。

映ったのは、大型の潜水艦だった。形状は〈グリンディロ〉のそれに酷似している。一瞥《いちべつ》した限りは、戦闘宇宙艦そのものだ。

「〈エルゴン〉！」

キングが叫んだ。

「なんだ、それ？」

タロスがキングを見た。

「シェオールの攻撃潜水艦だ」キングは答えた。「宇宙船を転用しているから、見た目は〈グリンディロ〉にちょっと似ているが、あっちのほうがはるかに大型だ。極秘で建造し、隠してあった。シェオール政府の幹部でも存在を知っているやつは少ない」

「そんなのを、よく知ってるな」

「邪の道は蛇だ。命を懸けて契約するんだぞ。まずはすべてを調べあげる。だから、俺たちはきょうまで生き延びることができた」

「これ、誰が乗ってるのよ？」

アルフィンが訊いた。

「断定はできないが、大佐が乗艦している可能性が高い」

「大佐？　あのフィジアルのボスって言ってた」

「シェオールがしてやられたのさ。切札として用意していたお大事の秘密兵器をフィジアルにかっさらわれた」

「大佐にとっての切札だったんだな」

タロスがふんと鼻先で笑った。まるで他人事のような口調だ。

映像に、海獣が〈エルゴン〉の船体に張りつく様子が入った。〈グリンディロ〉がやられた共振攻撃だ。

〈エルゴン〉のハッチがひらいた。そこからギグがつぎつぎと飛びだしてきた。

海獣を殺す。

「あの潜水艦の排除はできない」

アプサラが言った。独り言のような物言いだったが、そうではない。ネレイスに向かって、言った。

「状況は、こちらが不利だ」ネレイスが応えた。

「かれらは強力すぎる」

「水巫女様」アプサラの正面に立ち、キングが言った。

「われわれはあなたをお連れして、ここから脱出します。ご承知いただきたい」

「だめです」アプサラはかぶりを振った。

「それはできません」

「しかし」

「かれらは何ものですか？」

逆に、アプサラがキングに対して問いを返した。

「マルガラスの第三勢力です。シェオールとオズマ、双方を裏切り、ここにあるであろう古代文明を奪ってこの星の支配者になろうと企んでいるやからです」

「ここの住人は、かれらの排除を望んでいます。力を貸せますか？」

「…………」

「どうでしょう？」

「水巫女様もそれをお望みで、かつ事後にわれらと行動をともにしていただけるのなら」

「無理だ」タロスが言った。

「向こうは、もとが本物の戦闘宇宙艦だ。しかも、ギグの戦闘部隊を引き連れてきている。〈グリンディロ〉は、そもそもが貨物船。相手にならない」

「こっちにもギグがあれば、対抗できる。ここの防御システムなら、ギグさえ封じれば、戦闘艦の動きを止められる」

キングが言い返した。

「ギグならあります」アプサラが言った。

「戦争で壊れたギグをここの住人たちが回収し、復元させたものが」

アプサラはネレイスのことを、あえて〝住人たち〟と複数で表現した。

「俺も含めて、こっちにはギグを動かせるやつがざっと二十人はいる」

「俺たちを忘れるな」

タロスが言った。

「クラッシャーがギグを？」

キングの細い目が丸くなった。

「なめるなよ。クラッシャーに扱えない兵器はない。宇宙船も戦車もギグも」

「とんでもねえホラ吹き野郎だ」

キングはアルフィンとリッキーに視線を移した。タロスはいざしらず、あとのふたりにそこまでの能力があるとはとても思えない。

「実戦でたしかめるんだな」

タロスは薄く笑った。

6

滑落は数十秒で終わった。

ジョウとディーラーは、転がるように固い床面へと放りだされた。

闇が消え、周囲はぼんやりと明るい。

ふたりは狭い部屋にいた。形状はいびつだ。歪んだドームの中という感じである。背後を振り返ってみるが、滑り落ちてきた穴はどこにもない。完全に閉じられている。

「檻《おり》だ」

床にあぐらをかいてすわりこみ、ジョウが言った。

「檻だよ」

ディーラーは立ちあがって、壁を撫でまわしている。

「この壁は何をしても破れない」ジョウも立ちあがった。

「うかつに灼いたりしたら、こっちの逃げ場がないぞ」

「じゃあ」

「向こうの出方待ちだ」

光が湧きあがった。

ドーム状になった壁全面だ。発光パネルになっている。

その光量が、ふいに増した。

「なに？」

ジョウは身構えた。立って、ディーラーの横に並んだ。攻撃されたら、身を挺してディーラーを守る。そういう反応だ。

光が揺らいだ。輪郭を持った。色彩が蠢く。

映像だ。

「これは……」

ディーラーの表情が変わった。緊張し、引き締まった。

映像はつぎつぎと入れ替わっていく。動画と静止画が混在している。ふたりは知らない。これと同じものをアプサラも目にしていたことを。

ひとつの種族の歴史だ。

知的高等生命体がマルガラスに生まれ、滅ぶまでの。

「戦争が起きたのか」

呻くように、ジョウが言った。

「すさまじい最終戦争だ」

ディーラーは首を横に振る。

「しかし、それでもこれだけのシステムを後世に残した」

「ぜひ会いたい。かれらに」

映像が終わった。

「わたしが、その生き残りだ」

と同時に、声が流れた。流暢《りゅうちょう》な銀河標準語だった。明らかに人工音声である。

「！」

ジョウとディーラーは、周囲を見まわした。もちろん、誰かがこの部屋にいるわけではない。

「わたしはネレイス。アプサラに依頼され、わたしは侵入者であるきみたちを排除せず、受け入れた」

声は言う。

「アプサラはどこだ？」ジョウが訊いた。

「いま、何をしている？」

「仲間と会っている。みずからの目でたしかめるがいい」

あらたな映像が壁に浮かびあがった。

アプサラの背中が大写しになっている。

ゆっくりとアプサラが進んでいく。その行手に、正座し、ひれ伏した人びとがずらりと並んでいる。うち三人だけが立ったままだ。タロスとアルフィンとリッキー。

ジョウの頬がぴくりと跳ねた。俺を追って、みんなここまできたのか。そう思った。出来の悪いリーダーだぜ。

唇を噛む。

アルフィンが前にでてきた。

「ジョウはどこ？　ディーラーは？」

アプサラに問う。

「大丈夫、ふたりとも無事よ」アプサラが答えた。

「ただし行動の自由は制限されている。ジョウもディーラーも、ここにくることはできない」

「どういうこと？」

「ここは人類がきてはいけない場所なの。素直に引きあげれば、みななにごともなく、もとの世界に帰還できる」

「それは、水巫女様もそうなのか？」

キングが訊いた。

「…………」

「俺たちは、水巫女様を迎えにきた。水巫女様さえ、俺たちと行動をともにしてくれるのなら、何もしない。即座に引きあげる。この空間のことも他言しない」

「拒否したら、どうする気？」

「ここから動かない。水巫女様が翻意されるまで、この場にいすわる」

「理不尽なまねは――」

そこで、言葉が途切れた。同時に、床が突きあげられるようにうねった。

映像が消えた。

「なんだ？　どうした？」

ディーラーが声をあげる。

短い間を置いて、映像が戻った。

あらたに映ったのは、巨大な潜水艦の姿だった。

「〈エルゴン〉！」

映像に声がかぶる。キングの声だ。だが、それが誰なのかを、ジョウもディーラーも知らない。

「なんだ、それ？」

タロスの声が入った。

「シェオールの攻撃潜水艦だ。宇宙船を転用しているから、見た目は〈グリンディロ〉にちょっと似ているが、あっちのほうがはるかに大型だ。極秘で建造し、隠してあった。シェオール政府の幹部でも存在を知っているやつは少ない」

キングが答えた。

やりとりがつづく。

ネレイスからギグを借りて、〈エルゴン〉を排除するという話になった。

いつの間にか、アプサラがここの住人たちの代理人のような立場になっている。

「聞いたとおりだ」

再び、ネレイスの人工音声が響いた。

「さらなる侵入者があらわれた。アプサラとその仲間は、かれらと戦うつもりだ」

「アプサラが戦うのなら、ぼくも戦う」

ディーラーが言った。

「落ち着け！」ジョウがディーラーの肩をつかんだ。

「あんたの仕事は、それじゃない」

「しかし」

「ギグがあっても、操縦はできない。無理を言うのはやめろ」

「じゃあ、どうしろと言うんだ。ここにひとりでいても、安全は保障されない。それとも、きみがつきっきりで護衛してくれるのか？」

「う」

ジョウは言葉に詰まった。たしかに、それはむずかしい。タロス、アルフィン、リッッキーがギグで参戦するのなら、ジョウも行く。それは当然の判断だ。

「ギグのことだが」ネレイスが言った。

「複座のボディが一体だけある」

「それだ！」ディーラーの目が強く光った。

「ジョウ、それで行こう」


人工島の一角が沈み、海に向かう斜路となった。

そこにつぎつぎとギグがあらわれた。ネレイスが遠隔操縦している。

アプサラが指揮官となった。ギグによる戦闘歴、ネレイスとの中継能力、あらゆる意味で、彼女が適任だった。

「水巫女様の命令は絶対だぞ」

念を押すように、キングがタロスに言った。

「わかっている」タロスはうなずいた。

「この状況だ、勝手なマネはしねえ」

操縦できる者全員がギグに乗りこんだ。残った者は、火器を手にして、〈グリンディロ〉のもとへと向かった。〈グリンディロ〉に戦闘艦と戦う装備はない。脱出に備え、〈エルゴン〉との交戦を回避して温存をはかる必要がある。そのためにも、乗員が要る。

タロスは慎重にレバーを操作した。ギグが海中に沈む。深度は十メートルをいったん維持。

キング相手に大口を叩いたが、ギグに乗るのは、これがはじめてだ。もちろん、リッキーとアルフィンも乗ったことなど一度もない。操縦法は即席でマスターした。よくあることだ。それに、基本は自動操縦だ。動かすだけなら、子供でもできる。問題は戦闘時の手動操作だが、それはお手のもの。経験と勘で乗りきれる。

スクリーンに〈エルゴン〉の映像が入った。映像はネレイスが送りだしている。

「大丈夫だぜ。ちゃんと動いてる」

リッキーから通信が入った。音声だけだ。映像はない。だが、音声のみであっても、連絡がとれるのは大きなポイントだ。

「フィジアルは交信できなくなってるんでしょ」

アルフィンが言った。

「そうよ」アプサラが答えた。

「この空間に入ってきた時点で、人類がつくった通信機は正常に機能しなくなっている」

「へっ、俺らたち、めちゃ有利だよ」

「油断してはだめ」リッキーの言にアプサラが釘を刺した。

「傭兵はひとりひとりが生きている凶器のようなもの。ギグの素人が立ち向かったら、三対一でも勝てない」

「くるぞ！」

キングが言った。

〈エルゴン〉の周囲からフィジアル軍のギグが離れ、人工島めざして前進を開始した。

アプサラが命令を発する。

「総員迎撃態勢。展開して、フォーメーションA」

「了解っ！」

キングのギグが動いた。

その背後に、他のギグがつづいた。

第七章　記憶と自我

1

フィジアル軍のギグは、ひとかたまりになって進んでくる。

ネレイスのジャミングで交信ができない。海獣の啼き声による暗号通信は可能だが、距離を置くと、それもネレイスが送りだす海獣の擬似音声がかぶさり、意味をなさなくなる。だから、どうしても密集せざるをえない。作戦行動は不可能だ。

対するネレイス軍のギグは、三方向に分かれた。

中央に、キングが率いる十二体。左翼にソレル指揮下の十体。右翼を押さえるのは、クラッシャーの三体だ。その後方にアプサラのウオーラスがいる。アプサラの意識には、この戦いの全体像がネレイスから間断なく届く。ネレイスは島に情報指揮担当として残っていて、アプサラに情報を中継している。

「！」

アプサラは、自分の後方にギグが一体いるのに気がついた。

ネレイスからの警告はない。

余ったギグは、無線で操縦し、戦線に投入する。ネレイスには、そのように言われていた。そのうちの一体がこちらにきた。

そう思っていたら。

「アプサラ」

通信機に声が入った。

背後のギグからだ。

「ジョウ？」

アプサラの眉がかすかに動いた。

「そうだ。いま、そっちの真うしろにいる」

「ギグに乗ってるの？」

「こいつは複座だ」

「じゃあ、ディーラーも」

「一緒にいる」

「ネレイスが解放してくれたのね」

「ああ。クライアントのご意向で、加勢することになった」

「アプサラ、ぼくも戦うよ」

ディーラーの声が割りこんだ。

「迷惑ね」

「同感だ」

アプサラの一言に、ジョウは賛意を示した。

「ちょっとジョウ！」

アルフィンの声が響いた。

「あたしも聞いてるのよ。この交信、全回線共通なんだから」

「………」

「何がどうなってるの？」

「詳しい話はあとだ」ジョウが言った。

「いまは、とにかくフィジアルを蹴散らす」

「だったら、こっちに合流してください。四人で連携すれば、傭兵のギグなど、軒なみぶっ倒せます」

タロスが言った。

「だめだ」

ディーラーが言った。

「だめ？」

「ぼくたちはアプサラと一緒に戦う」

「なぜだ？」

「彼女はネレイスと直接コンタクトしている。ネレイスは水棲生物だ。場合によっては戦闘中に接触があるかもしれない。その瞬間にぼくは立ち会いたい」

「このさなかに、まだ調査を続行する気か？」

「それが、ぼくの仕事だ」

「もういいわ」アプサラが言った。

「邪魔さえしなければ、なんでもいい。キング、敵を分断して」

「おおさ、まかせてください」

キングの部隊が速度をあげた。

その様を、ジョウはスクリーンで見ている。まもなく戦闘開始だ。彼我の距離はわずかに数百メートル。まずキングの部隊が、正面からフィジアル軍のギグに突っこむ。

ジョウとアプサラを五体のギグが囲んだ。ネレイスが操る無人のギグだ。ネレイスはアプサラの意志を読みとり、その意図に沿って遠隔操縦でギグを動かす。

ウオーラスが加速した。敵部隊の側面にまわりこんでいく。ジョウはアプサラを追った。作戦の説明は受けていない。だが、予想はできる。左翼ではタロスたちが同じように行動しているはずだ。

フィジアル軍の隊形が崩れた。キングの部隊がミサイルを放ち、攻撃の火蓋を切った。

カレザフは〈エルゴン〉を海面に浮上させた。

ギグを発進させた直後だ。

巨大海獣が、再び集まってきた。

思ったとおりだ。が、今度は接近を許さない。先手を打って、ビーム砲の弾幕を張った。海獣を船体に張りつかせなければ、あの共振攻撃は回避できる。

ミサイルが爆発する。

両軍のギグがミサイルを撃ち合い、それが火球となった。

自軍のギグが散開する。かたまってはいられない。数体がやられた。先手は敵軍がとった。

距離が詰まり、敵味方のギグが入り乱れた。ここからは、一種の白兵戦だ。この混戦では、ミサイルは使えない。

はがゆい戦いだ。

まさか、あれほどの数のギグがあらわれるとは思っていなかった。数では上回っているが、明らかにこちらが不利だ。〈エルゴン〉からは、戦いの様子すらろくに見えない。もちろん、両軍それぞれの位置も判然としない。通信が封じられ、命令ひとつ与えられない。

完全にアウェイの戦い。

切り裂かれ、一体のギグが爆発した。その振動が〈エルゴン〉に伝わってくる。艦全体がびりびりと震える。

負けるわけにはいかない。勝利の切札は、いま目の前にある。カレザフはそれを手に入れ、マルガラスの覇者となる。

そのために、ここまできたのだ。

ギグとギグの乱戦がつづく。

ミサイルはすぐに撃てなくなった。敵味方、互いに入り乱れているため、うかつに放てば同士討ちになる。

使える武器は、パルスレーザー砲と電磁メスのフィンだけになった。完全な近接戦だ。戦況は五分と五分。傭兵部隊は強い。通信管制のため、連携ができない。だが、それを補って余りある技倆を有している。数も勝る。

キングの部下が乗るギグが三体、瞬時に切り裂かれた。

一体を三体で取り囲んだ。その囲まれた一体が、ペグパウラのシルバーバックだった。

あっという間に包囲を破られ、三体は返り討ちにあった。

乱れ舞うギグの集団の中から、シルバーバックが抜けだした。

そして。

さらに一体が乱戦を嫌って戦いの渦の外にでた。

ハンマーヘッド。バントンだ。バントンはシルバーバックを追ったのではない。自身の判断で動いた。ハンマーヘッドのあとを四体のギグが追っている。敵ではない。その四体もフィジアル軍だ。その四体には、出動前、常に自分について行動せよと命令してあった。

バントンは人工島をめざしている。異種文明の本拠地とおぼしき、あの人工島を制圧する。それが、バントンの狙いだ。

他方。

ペグパウラの目的は違った。

彼は自身の視界にウオーラスを捉えた。

スクリーンに映っていたのは小さく、不鮮明な映像だったが、一瞥して、それがウオーラスだと、ペグパウラは見抜いた。

となれば、他のギグはもはや眼中にない。ペグパウラが戦う相手はアプサラ。彼女ひとりだ。

「ジョウ」

複座ギグをアプサラが呼んだ。

「なんだ？」

「銀色のギグは、あたしがやる」

サブスクリーンに六つの光点が表示されている。銀色のギグは、その先頭に位置している。

「残りの五体が俺か？」

「無人のギグをサポートにつけるけど、荷が重いかしら？」

「そんなことはないっ！」ディーラーが叫んだ。

「ぼくとジョウが組めば、楽勝だ」

なんの根拠もない主張である。

しかし、ジョウはディーラーの言に異を唱えない。

「シルバーバック」

スクリーンに目を据え、ジョウはつぶやいた。

銀色のギグだ。

すべては、ウオーラスとあのギグとの不可解な交戦からはじまった。

情景がジョウの脳裏に浮かぶ。

〈ベセルダ〉の船上だ。

海上に、黒いギグが飛びだしてきた。

それを追って、銀色のギグもあらわれた。

激しい戦いがおこなわれ、銀色のギグから発射されたミサイルが〈ベセルダ〉に向かってきた。そのミサイルを黒いギグが撃墜し、身を挺して、害が〈ベセルダ〉に及ぶのを阻止した。

黒いギグがアプサラのウオーラスだ。

銀色のギグが彼女の因縁の敵。

そのギグがシルバーバック。

いいだろう。

ジョウは小さくうなずいた。

アプサラはシルバーバックと戦う。ジョウは他のギグをすべて引き受ける。サポートにまわる無人のギグは、おそらくいないと思ったほうがいい。

五対一だ。

「わくわくするなあ」

ディーラーが言った。

2

ハンマーヘッド。

ジョウは知らない。それがバントン少尉の駆るギグだということを。

知っていれば、むしろ侮ってしまったかもしれない。船の上では巨体を持てあまし、どちらかといえば、見た目も動きも鈍重な軍人だった。

だが、ギグに乗ると、その身のこなしは一変する。ギグはパワードスーツだ。戦闘能力は、経験と技倆が決める。体形は関係ない。少尉の階級は実力と論功で勝ちとった。フロックで少尉になったわけではない。

ジョウとディーラーが搭乗する複座ギグの脇をシルバーバックが抜けていく。ペグパウラの眼中にあるのは、アプサラだけだ。他のギグには目もくれない。

シルバーバックが抜けた直後。

ぱぱぱっとビームが疾った。

ハンマーヘッドだ。先に仕掛けてきた。複座ギグに襲いかかった。

ジョウがレバーを操り、その攻撃をかわす。

が。

かわしきれない。

一気にハンマーヘッドが複座ギグの懐へと入ってきた。

速い。

フィンが迫る。

「くっ」

ジョウがフィンを受けた。複座のギグはハンマーヘッドよりも大型だ。質量も大きい。

しかし、その鋭い一撃にバランスが崩れた。

二撃、三撃。

反撃ができない。振りおろされるフィンをフィンで受ける。それが精いっぱいだ。当然だろう。マルガラスの兵士は、オズマ、シェオールにかかわりなく、海中での交戦に慣れている。かれらにとって、これは日常のことだ。いかにクラッシャーといえども、はじめて搭乗したギグでの水中戦闘となれば苦戦する。

いったん引いた。だが。

「うしろにまわられた！」

ディーラーが声をあげた。

ジョウはスクリーンに目をやった。

四体のギグが、複座ギグを囲んでいる。ハンマーヘッドにかまけているうちに、背後をとられた。

しかし、ジョウにも味方がいた。

ネレイスが操縦する無人のギグだ。五体の無人のギグが、敵の四体に突っこんできた。

絶好のフォローである。ネレイス、意外にギグを動かすのがうまい。

四体の敵ギグが応戦にまわった。複座ギグを攻撃するどころではない。

隙が生じた。

いまだ。

ジョウは複座ギグを反転させた。この機に乗じて、包囲を破る。そして、勝負する。

この戦いを勝ちぬくには、それしか手がない。

ジョウは敵ギグの一体に体当たりした。しゃにむに加速し、激突した。

ジョウに狙われたギグは虚を衝かれた。まさかこのタイミングで真正面からぶつかってくるとは思っていなかった。

ギグは弾かれ、横に吹き飛んだ。

無人有人、九体のギグが入り乱れた。

ジョウは加速をゆるめない。複座ギグだけが、その混乱の渦の外にいる。

いったん逃げた。行手は人工島だ。人工島に向かうのは本意ではなかった。だが、いま行けるのは人工島の方角だけだ。

「追ってくるぞ」

ディーラーが言った。

ジョウはスクリーンに視線を走らせる。

敵のギグが無人ギグに動きを乱されたのは、一瞬だった。

ハンマーヘッドがネレイスの撹乱戦法を叩きつぶした。

無人ギグは攻撃が単調だ。それを見抜き、間合いを詰めた。パルスレーザーを放つ。

二体を屠った。

混乱が鎮まった。攻守が逆転する。不意さえ打たれなければ、無人ギグは有人ギグの敵ではない。

無人ギグの残る三体は、数秒でスクラップと化した。

「弱すぎるぞ」

複座ギグのコクピットでは、ディーラーが歯嚙みしている。敵ギグは無傷だ。一体もそこなっていない。

ハンマーヘッドが先頭に立った。残り四体のギグも態勢を立て直した。

スクリーンの中で、五つの光点が一本棒になる。

まっすぐの隊列を組み、複座ギグを追撃してきた。

ハンマーヘッドがパルスレーザーを発射した。しかし、まだ距離がある。減衰で、ビームは複座ギグまで届かない。

ジョウは複座ギグをUターンさせた。敵が、この一直線に並ぶときを待っていた。戦う。

コツをつかめ。

ジョウは自分に言い聞かせた。パワードスーツの挙措は、操縦する人間の動作そのものだ。陸上ではなく水中にいるが、やるべきことは同じ。戦闘そのものに違いはない。

動きを読む。流れを見切る。攻撃する。

舞うように動き、彼我の距離を縮めた。

複座ギグのフィンが一閃する。

一体を切り裂いた。さらに反転。つぎの一体を引き寄せ、今度はパルスビームで貫く。

「行け！　行け！」

後部シートで、ディーラーが叫んでいる。うるさい。

二体のギグを押しのけ、ハンマーヘッドが前にでた。

複座ギグと対峙する。

ジョウは、また後退した。体をひるがえし、対決を避けた。

「こいつも、やっちまえ！」

ディーラーが怒鳴った。完全に昂奮状態だ。生まれてはじめて戦闘に参加して、頭に血が昇った。我を忘れている。

しかし、ジョウは冷静だった。

ハンマーヘッドは先の二体とは違う。そもそも動きが別物だ。ジョウには、それがわかる。

どうするか？

この状況、明らかにジョウが不利だ。二体を倒したとはいえ、まだ三対一。もはや奇襲もできない。追いこまれつつある。人工島が近づいている。

ハンマーヘッドに追いつかれた。背後からの圧力がすさまじい。

パルスレーザーのビームがきた。

なんとかかわす。一条は、複座ギグのボディをかすめた。コクピット内でアラームが鳴った。

ハンマーヘッドがフィンを突きだした。

複座ギグの尾ビレを狙っている。矢継ぎ早に繰りだし、動きを止めようとする。

複座ギグは防戦一方だ。ハンマーヘッドの攻撃を必死で受け流す。

ビームで反撃した。ハンマーヘッドは動じない。余裕でよけた。ジョウは前進した。

相討ち覚悟でハンマーヘッドに迫り、フィンで相手の装甲を叩き斬る。

いなされた。フィンは空振りになった。逆にハンマーヘッドの体当たりをくらった。押しこまれる、体勢を崩される。

やはり付け焼き刃では、ギグを使いこなせない。残る二体が左右に分かれ、複座ギグをはさんだ。ジョウは逃げ場を完全に失った。

やばいぜ。

ジョウがそう思ったとき。

とつぜん、異変が生じた。

ハンマーヘッドの動きが鈍った。失速し、身をうねらせた。

「なんだ？」

ディーラーが頓狂な声をあげた。素人のディーラーにもわかる、あからさまな異変だった。

ハンマーヘッドがコントロール不能に陥っている。

何かがハンマーヘッドに起きた。故障？　あるいは罠？

「横の二体もへんだ！」

ディーラーが言った。

そうだ。ジョウも気がついた。攻撃してこない。

スクリーンで様子を見た。

硬直している。二体とも。

これは？

誘っているのだろうか。

迷う余裕は、ジョウになかった。

やるしかない。いまは戦闘中だ。好機を逸したら、必ず負ける。

ジョウはハンマーヘッドめがけて突進した。

ハンマーヘッドは動かない。固まったままだ。

フィンを叩きつけた。

ハンマーヘッドのコクピットでは、バントンがうろたえていた。何が起きたのかは、かれ自身わかっていなかった。いきなりギグが制御できなくなったのだ。動力が停止し、その場で機体が硬直した。何をしても反応しない。

複座ギグがきた。前照灯がハンマーヘッドを照らしだす。その光の中で、フィンが燦いた。

やられる。

自身の運命をバントンは悟った。原因は不明だが、ギグのシステムがフリーズした。

もはや戦えない。

「こいつは動くかな？」

バントンはつぶやいた。右手をコンソールの隅に伸ばす。そこにプラスチックのカバーがはめこまれていた。拳を握って、そのカバーを破った。中にボタンがある。

押した。

3

シルバーバックが上昇を開始した。

アプサラの目の前で体をひるがえした。

戦わない。海上へと向かう。

予想外ではなかった。この動きを、アプサラは読んでいた。

ペグパウラは知っている。水中だけなら、明らかにアプサラが強い。何度も戦ったのだ。一対一で対決すれば、間違いなくアプサラが勝つ。

だが。

空中戦が入れば、話が変わる。

ペグパウラは考えた。

直前で背を向けてもかまわない。アプサラは必ず俺の挑発に乗る。一騎討ちを望む。そうしないと、集団戦に戻った俺に仲間を倒される。

アプサラはシルバーバックを無視しなかった。追ってきた。

海面下ぎりぎりで、シルバーバックはウオーラスに向き直った。深度は三メートル。

ここで勝負する。

海上に向かってミサイルを放つ。ミサイルの自動制御機能は無効化されている。ペグパウラは発射時点ですべてを計算し、射出した。

「バイクスです」

ウオーラスが言った。

海中から飛びだしたミサイルが弧を描き、空中で弾頭が分かれた。

弾頭が海中に飛びこんでくる。その真下にはウオーラスがいる。

「さすがね」

アプサラはパルスレーザーを乱射した。弾頭が爆発した。衝撃波が水を打つ。ウオーラスはかまわず上昇を続行する。

シルバーバックが空中に躍りでた。

ウオーラスも海面を割り、宙を舞う。

ここだ。

ペグパウラは、そう思った。

ここが、唯一のチャンスだ。通信を断たれ、ミサイルも自在に操れない。その状況下で勝利を得るには、この一瞬に賭ける以外に手はない。

フィンを振りかざし、シルバーバックがウオーラスに斬りかかった。

火花が散る。

海面の上空二十メートルで、フィンとフィンが交差した。

空中での剣戟《けんげき》だ。

互いに離れ、落下する。

再び、シルバーバックがミサイルを射った。またもやバイクスだ。アプサラも同時に発射した。ウオーラスのミサイルは自動制御である。

シルバーバックのサブノズルが火を噴いた。短い加速。落下が止まり、ミサイルに向かって前進する。弾頭が分裂した。

ペグパウラは散らばろうとする弾頭をフィンで切り裂いた。

ウオーラスは、パルスレーザーで弾頭分裂前にバイクスを撃墜する。

爆発した。火球が二か所で広がった。轟音で、空気がびりびりと震える。

ウオーラスが着水した。

つづいて、シルバーバックも水しぶきをあげる。

パルスレーザーで牽制し、ペグパウラはウオーラスを探した。

後方だ。まわりこもうとしている。

シルバーバックは体をひねり、ウォーラスにフィンで打ちかかった。

いない。

空中だ。また海面から飛びだした。

「馬鹿が！」

ペグパウラは嗤《わら》った。

ギグは水面落下時に無防備となる。

いま、ウォーラスに逃げ場はない。

ペグパウラはフィンを構えた。ウォーラスの水中突入を待った。

そこに。

いきなり弾頭が突っこんできた。

ウォーラスが先ほど発射したバイクスの弾頭一基だ。飛行方向を故意に変え、迷走させていた。

かわしきれない。爆発する。

衝撃でシルバーバックが吹き飛んだ。炎の塊がその半身を包んだ。

回転する。シルバーバックが海中で激しく。スクリーンに黒い影が迫ってきた。ウォーラスだ。水中に突入した。フィンを突きだしている。

受けるのは不可能だ。よけることもできない。

ならば、こちらから行く。刺し違える。

それしかない。

ウオーラスとシルバーバック、両者の動線が重なった。

シルバーバックが海上にでた。

と同時に。

シルバーバックのボディが割れた。フィンがずたずたに断たれ、四方に散った。

炎が噴出する。

上部装甲が跳ねあがり、ちぎれた。

カレザフはメインスクリーンを凝視していた。

得ることができるのは、このスクリーンに映しだされた光学情報、それのみだ。自分の目と勘だけが頼りである。

〈エルゴン〉に群がってきた海獣たちは、すべて始末した。一頭たりとも外鈑にまとわりつくことを許さなかった。だが、それ以外には何もできなかった。

通信が使えない。ソナーが効かない。レーダーも動作しない。

かろうじて、船外カメラの映像だけを見ることができた。高倍率のズームも可能だ。

十八台のカメラで戦況を視認する。

明らかに押されている。パイロットの技倆は、フィジアルのほうがはるかに上だ。動きを見ても、敵は間違いなく素人である。無人とおぼしきギグもいる。しかし、味方のギグそれぞれが連携して動けないのは、とてつもないハンディだ。両手両足を縛られてボクシングをしているような状況と言っていい。

フィジアル軍は滅多打ちにされている。

そのさなか、カレザフは異様な光景を目にした。

自軍のギグがとつぜん制御を失ったのだ。

損傷を受けたためかと思ったが、そうではない。

ある位置に至ると、いきなり制御不能に陥る。ギグのシステムがフリーズする。

データを解析した。

人工島だ。

人工島に近づくと、その現象が発生する。

それがわかった。

その距離は、人工島の岸壁からおよそ一・四三キロ。どうやら、先史文明は人類の機器を遠隔で無効化できるらしい。だが、それには距離の制限がある。おそらくギグ一体一体をピンポイントで制御しているからだろう。そうしないと、自軍のギグも操作に巻きこまれ、身動きがかなわなくなる。

　どうするべきか。

　このままだと、いずれフィジアル軍のギグ部隊は全滅する。その後の敵ギグ部隊の標的は、〈エルゴン〉だ。ギグが相手では、いくら弾幕を張っても、海獣どものように撃退するのはむずかしい。必ずかいくぐられる。そして攻撃を受け、船体を破壊される。

　カレザフの奥歯が、ぎりっと鳴った。

　このままフィジアルがずるずると敗北するなど、ありえない。

　カレザフの野望は達成寸前のところまできている。何があっても、やりとげなければならない。

　となれば、対抗手段はただひとつだ。

　人工島への突入。

　肉を切らせて骨を断つ。それしかない。あの人工島のどこかにひそんでいる先史文明の本拠を攻撃し、そこにこもっているであろう異種生命体を皆殺しにする。最悪、完全破壊もやむを得ない。遺産を敵対勢力に奪われるよりはましだ。

「全速前進！」

　カレザフは命令を発した。

　戦いの帰趨《きすう》を決めるのは、一・四三キロ地点である。そこに到達するまで目いっぱい加速し、あとは慣性で人工島に突っこむ。制御は不要だ。激突で十分。あとのことは考えない。船体を岸壁に叩きつけ、停止したら上陸して敵中枢を確保する。

海獣が再び集まってきた。ビーム砲で叩いた。攻撃をやめると、すぐに海獣が張りつこうとしてくる。尋常ならざるしつこさだ。

二キロ地点から島を目標に大口径ブラスターによる艦砲射撃を開始した。

全エネルギーを攻撃につぎこむ。島を消し去る勢いで撃ちまくった。

岸壁を灼く。島内部にも火球を食いこませる。ひたすら撃つ。ありったけのエネルギーをそそぎこむ。

人工島に火の手があがった。

ごうごうと燃えさかりはじめた。映像を拡大すると、消火活動らしき動きが見られる。だが、それが追いつく火勢ではない。撃ちつづけるブラスターの火球が、さらにあらたな炎を追加していく。

一・四三キロ地点を通過した。

〈エルゴン〉のシステムが止まった。ブラスターも撃てなくなった。加速が鈍る。いや、停止する。速度が急速に鈍った。だが、停船はしない。慣性で、〈エルゴン〉はそのまま前進をつづける。

時速八十キロ。

人工島に〈エルゴン〉がぶつかった。

船体がつぶれた。轟音が耳をつんざく。岸壁に突き刺さる。

カレザフは、床に投げだされた。しかし、これは予期していたことだ。他の兵士も、それは同じである。

すぐに起きあがり、通路を駆けぬけてハッチを手動であけた。

船外にでる。人工島が赤く燃えあがっている。

「突撃！」

カレザフは叫んだ。

〈エルゴン〉の全乗員が大佐を先頭にして人工島に上陸した。武器はハンドブラスター。ひとり残らず手にしている。これで、さらに何もかも焼き尽くす。

悲鳴があがった。

兵士が何ものかに襲われた。

細長い大蛇のような生物だ。

違う。生物ではない。あれはロボットだ。液体を吐いている。腐蝕性の毒物らしい。液体を浴びた兵士が倒れ、のたうちまわっている。

ブラスターで灼いた。間断なく、徹底的に撃ちまくった。

4

ウオーラスが、海面近くを高速で行き来している。

シルバーバックがばらばらになり、海中に落下した。その破片を確認するための行動だった。

そのさなか。

水中で爆発があった。

衝撃波がきた。

ウオーラスのボディが激しく揺れた。

直後、通信機からディーラーの声がけたたましく響いた。

「やられた。敵が自爆した。巻きこまれて、こっちも壊れた」

複座ギグだ。相討ちにされたらしい。無人ギグ五体がついたとはいえ、緒戦でいきなりこの戦いはクラッシャーでも荷が重かったようだ。しかし、故障程度ですんだとは、さすがである。

「浸水は？」

アプサラが訊いた。

「ない」声がジョウに変わった。

「しかし、動力が死んでいる。自力航行ができない。スクリーンの映像も消えた。生きているのは通信機だけだ。このままだと沈む」

「いま行くわ」

スクリーンで位置を確認した。水深二十メートルあたりにいる。その深度を維持するのが精いっぱいなのだろう。

ウオーラスが潜る。

複座ギグを発見した。見た目、大きな損傷は見当たらない。右のフィンがぐにゃりとねじ曲がっている程度だ。アプサラはウオーラスのマニピュレータで、複座ギグのボディをつかんだ。

「島に戻るわ。このままだと、浮上できない」

アプサラが言った。

「戦線離脱か？」

ディーラーがくやしそうに応じる。

「大丈夫よ。勝負はついた。光点を見れば、わかる。キングたちはよく戦ったわ。フィジアルのギグは、そのほとんどを破壊した。かれらも、ほどなく島に戻るはず。ウオーラス、このまま、人工島に向かって」

「了解です」

ウオーラスが答えた。そのときだった。

状況に変化が生じた。

大きな光点が、スクリーンの中で動いている。

〈エルゴン〉だ。

海面に浮上し、加速を開始した。一気に速度があがる。速い。これは、明らかに全速前進だ。

その針路の先にあるのは。

人工島。

「ちいっ」

アプサラは舌打ちした。大佐の意図を知った。

「どうした？」

ジョウが訊いた。

「〈エルゴン〉が人工島に突入する」

「なに？」

「ギグ部隊を失ったせいよ。もう逆転するには、人工島を攻略するしか手がないと悟ったのね」

「突入って、自爆攻撃か？」

ディーラーが訊いた。

「たぶん違う。突入して上陸する気よ。地上戦でなんとかしようと考えている」

「俺たちは状況を見ることができない」ジョウが言った。

「大佐は何をやっている？」

「大口径ブラスターでの艦砲射撃。すさまじいエネルギー量だわ。島全体を焼き尽くそうとしている。このままだとネレイスもあぶない」

「先史文明を葬る気か」

ディーラーが言った。

「自分のものにならないのなら、消し去ってしまえばいいと考えた」

「ふざけるなあ！」

アプサラの言を聞いて、ディーラーは絶叫する。

「アプサラ、急いでくれ。それは暴挙だ。止めなくちゃいけない」

ジョウの声が高くなった。

「わかってる。さっきから動力全開で進んでいるわ。でも、無理。ここからじゃ、どうしても追いつけない」

カレザフ大佐と、その部隊がミミズロボットを撃退した。

このロボットは、ナノマシンの集合体らしい。破壊しても、すぐに復活する。だが、あたり一面炎上している状態では、ナノマシンの供給が途切れる。そこをハンドブラスターでさらに灼かれたら、もはやひとたまりもない。

「好きなだけ暴れろ!」カレザフが言う。

「やりたい放題だ。こんなところ、もうどうなってもいい」

その視野の端で。

黒い影が海から飛びだし、宙を躍った。

カレザフの頭上を、はるかに飛び越えていく。

人工島の地表に落下した。

ギグだ。

一体がもう一体をマニピュレータで抱えこんでいる。抱えこまれているのは複座のギグだ。

二体のギグは地表を滑走し、十人ほどの兵士を薙ぎ倒して止まった。

上部装甲が吹き飛ぶ。複座ギグの上部装甲は、マニピュレータがはぎとった。

アプサラとジョウ、ディーラーがコクピットから外にでた。

ジョウがヒートガンを乱射した。ギグのボディ脇に身をひそめ、近くにいるフィジアルの兵士たちにつぎつぎと火球を見舞う。

ディーラーの横で、アプサラが動きを止めた。

ひざまずき、視線をあらぬほうに向けた。表情が曇る。

イメージがきた。

ネレイスから。

力のない、弱々しいイメージだ。

——負傷している。艦砲射撃で島の一角が崩れ、瓦礫の下敷きになった。

「どこにいるの？」

アプサラもイメージで訊いた。通信は使えない。ネレイスは、そういう状態にあるらしい。

——島の基底部。海面下だ。そこにメインシステムがある。被害がそこまで及んだ。

「どうすれば、そこに行ける？」

道順が届いた。ブラスター攻撃で焼け焦げ、破壊された地下都市のイメージもきた。

被害甚大だ。すさまじい艦砲射撃である。

「何してるんだ？」

ディーラーがアプサラに声をかけた。

「ネレイスが傷ついた。あたし、行かなくちゃいけない」

「イメージってやつか」

「そうよ」

アプサラが立ちあがり、ふらふらと前にでた。

「あぶない」

肩をつかもうとするディーラーの手を振りほどき、アプサラは走りだした。

「放して」

「ぼくも行く」

ディーラーが、そのあとを追った。

「くっ」

こうなると、ジョウも行くしかない。ギグの蔭から飛びだした。幸い、近くにいた敵兵士はすべて掃討した。攻撃はほとんどない。

燃えさかる炎をかいくぐって、三人は人工島の地表を突っきった。吹きあがる炎が、いい目隠しになった。

崩れた建物があった。そこにアプサラは入った。

壁が破れたホールの奥に、地下につながる入口らしきものが見えた。三人は、そこに進んだ。

中は斜路だ。床が傾いている。表面がなめらかだ。

アプサラは身を投げだし、その斜路を背中で滑走した。もちろん、ディーラーとジョウも彼女につづく。ここまできたら、もうどこに行こうとも、ついていくしかない。

斜路が終わった。

薄暗い通路に飛びだした。

アプサラはいっさいためらわない。すぐに歩きだす。どう進めばいいのか、イメージで完全に知っている。速足で、脇目も振らずに前進する。

「！」

ジョウの表情が変わった。

臭いだ。とつぜん変わった。焦げた臭気が、あたりを満たしている。

床が崩れていた。壁も天井も、ひどく焼けただれている。ブラスターに直撃されたのだろう。膨大なエネルギーが、この通路を抜けたらしい。さすがは戦闘艦の大口径ブラスターだ。尋常でない破壊力である。

居住区とおぼしき場所にでた。

ここもひどく破壊されている。だが、破壊されているぶんだけ、間取りが見てとれる。もとはフロア全体が、小部屋に仕切られていたようだ。そのフロアを真横からブラスターの火球が貫いた。

通路に窓があった。窓というよりも、透明な壁だ。向こう側は海だ。屋内の光が海中を照らしている。この壁は、ブラスターの直撃を免れた。

アプサラの足が止まった。

窓の外をじっと見つめている。

ジョウも、その先に視線を向けた。

海の中を何かが漂っていた。

ウフロだ。

マルガラスの海獣である。

ぐったりとしている。一頭だけだ。生きているのか、死んでいるのか、それすら判然としない。周囲に紫色の液体が流れている。血だ。背中のあたりに大きな裂傷が見える。傷を負い、出血している。

「ネレイス」

アプサラが言った。壁に歩み寄った。

ネレイス？

ジョウとディーラーが互いに顔を見合わせた。

あれがネレイス？　あのウフロが、ネレイスなのか！

そういえば。

と、ジョウは思った。たしかに、要《かなめ》となるところには常にウフロがいた。ヤコブの梯子に潜り、洞窟に向かっていたときもそうだった。ウフロと出会った。その直後に、不可解な事態が生じた。アプサラが消え、出現し、さらには自分たちもこの空間へと引きこまれた。

ウフロがネレイス。

もしくはネレイスがウフロの姿に擬態していた。

おそらくは、サイボーグ化されているのだろう。意外だが、ここは海洋惑星。ありうることだ。いや、むしろ、自然なことと言っていい。

「待て、アプサラ！」

ディーラーの声が響いた。それで、ジョウは我に返った。

アプサラが走りだしている。ディーラーが追いかける。ジョウも、そのあとにつづいた。

右に左に、通路を二、三度折れると、斜路にでた。下に向かって傾斜した通路の先が、海へと沈んでいる。どうやら、ここが海中につながる出入口らしい。

アプサラが海に飛びこんだ。ジョウとディーラーは海面の手前でたたらを踏んで止まった。潜水服がない。ギグもない。アプサラを追うのは不可能だ。

どうするか？

ふたりはしばし迷った。

「戻るぞ」

ジョウが言った。きびすを返し、通路を逆にたどった。

ウフロを見つけた窓に戻った。海中にアプサラがあらわれた。

ウフロのもとに至り、彼女はそのからだをそっと抱きしめた。

5

——しくじったよ。

ネレイスの意識がアプサラに届いた。

アプサラはイメージに包まれていた。

いま、彼女の意識は、ネレイスのそれとほぼ完全に融合している。双方の意識が絡み合い、ひとつになった。

アプサラの記憶が、ネレイスに渡る。

少女が泣いている。うずくまり、しくしくと泣いている。

惑星グリンディロから連れだされた十歳のアプサラだ。連れだしたのは、キングだ。

キングはグリンディロをでて傭兵の元締めとなっていた男の手に彼女を預けた。

リンガス。

なつかしい名だ。リンガスは父親を持たぬアプサラの、真の意味での父親となってくれた。

傭兵集団はひとつの独立国家である。銀河連合からもある意味では自由だ。そう。クラッシャーに似ている。本拠地となる惑星の私有は許されていなかったが、惑星国家バハマールと契約し、衛星ひとつを借り受けて、そこでの自治を黙認されていた。

リンガスは、アプサラに傭兵の訓練を課した。ひとりでも生きていけるようにするためだった。リンガスは、自分と彼女の将来を理解していた。銀河連合は、水巫女がかつてのグリンディロの民たちの精神的支柱となることを認めない。

訓練は、アプサラの特性を考慮し、水中戦闘専門のものとなった。専用のギグも与えられた。ウオーラス。コクピット内部が水で満たされる。扱えるのは、銀河系で彼女ひとりきりだ。

七年がすぎた。銀河連合の圧力が傭兵集団にかかった。アプサラは、やはり禁忌だった。銀河連合はあらためてグリンディロの残党狩りをはじめた。グリンディロが消滅したとき、惑星上にいなかった者たちも、監視の対象となった。グリンディロ出身者は例外なく、指定された惑星国家に閉じこめられる。そう通告された。

リンガスはアプサラを逃した。そして身柄を拘束され、惑星国家ゴッサールに幽閉された。ゴッサールこそ、かつてのグリンディロの民たちが強制移住させられた星だ。

アプサラは、隔離の対象とはならなかった。忌避すべきは、グリンディロの民たちとの合流だ。それが成り立つのなら、アプサラは自由にどこへでも行かせる。銀河連合の方針は単純で、かつ明快だった。

その日から、アプサラの放浪生活がはじまった。監視はされているが、身柄は拘束されない。グリンディロの残党とかかわらない限り、アプサラは放置される。

小型の海洋宇宙船にウォーラスを積み、戦争をしている国と国を渡り歩いた。紛争をかかえた海洋国家は少なくはなかった。

そして、銀河標準暦で八年の月日が流れ、アプサラはマルガラスへとやってきた。

そこに、ネレイスがいた。

孤独の日々を送ってきたふたつの精神。ふたつの人生。

その両者の人生の果てに、この一瞬が生じた。

アプサラとネレイス。

いま、意識のレベルでふたりは同化している。

「あなたにお願いがある」ネレイスが言った。

「その体内にメモリーを埋めこみたい」

「メモリー？」

「人類の規格に合致したものだ。破損したギグから入手した」

「何が入っているの？」

「わたしだ。わたし自身。わたしそのもの」

「…………」

「記憶と自我が入っている」

「記憶と自我」

「記憶とそのインデックスは、データだ。これを電気信号として、高等生命体の脳に焼きこむ」

「三十二レトス前、このウフロに対して、あなたがおこなったことね」

「そうだ」

「自我はデータじゃないのかしら」

「自我はプログラムだ。わたしの記憶は、あなたも見た。だが、それは単なる他人の思い出だ。それが自分のものであり、その記憶が自分のものとして認識できるプロセス。それが自我だ」

「我思う。ゆえに我あり」

「それは、なんだろう？」

「テラの哲学者の言葉よ。そのとおりなのね。驚いたわ」

「自我がなければ、人格は生成されない。思い出のアルバムをただぼんやりと眺めているだけになる。記憶と自我、それが一体になってはじめて、わたしが生まれる。わたしが甦る」

「なんとなく、わかるわ」

「データとプログラム。それと遺伝子情報をきみたちが使っているメモリーチップに入れた。どうするかはあなたの自由だ。しかし、受けとるだけは受けとってほしい」

「なぜ、あたしに？」

「あなただから」

「そうね」アプサラはうなずいた。

「理解できる」

「……………」

「あたしは、あなたを喜んで受け入れたい」

「喜んで？」

「あなただから」

そこで、ふいにイメージが乱れた。

色彩がうねり、抽象的になった。

薄れているのだ。ネレイスの意識が。

死が近づいている。アプサラは知った。だが、それはネレイスの死ではない。一時の休息だ。彼女は、そう信じる。

再び、イメージが強い輪郭を得た。

それをアプサラははっきりと見た。

ここに、わたしを連れていってくれ。

ネレイスの最後のメッセージだった。

ジョウとディーラーは透明壁の前に立っていた。

いつの間にか、アプサラとウフロの姿が見えなくなった。位置をどこかに移したらしい。

「どこへ行ったんだ？」

ディーラーは窓に顔を押しつけ、必死で瞳を凝らしている。ジョウはその背後に立ち、周囲の様子をうかがっている。

「ジョウ！」

甲高い声が響いた。

首をめぐらすと、アルフィンがいた。そのうしろには、タロスとリッキーもいる。

「どうした？」

ジョウは訊いた。なぜ、この三人がここにくることができたのかがわからない。

「通信が入ったの。アプサラから」アルフィンが言う。

「時空制御装置を暴走させ、この空間を破壊する。すぐに脱出しろって」

「暴走？」

「そうしたら、アルフィンが言い返したんだよ」横からリッキーが言った。

「そんなこと勝手にできない。ジョウのもとに行くぅと」

「当然でしょ」

「それで、ここまでの道順を教わったんでさあ」

タロスが言った。

「アプサラはどうすると言っていた？」

「上で合流するそうです」

「わかった」ジョウは窓にへばりついているディーラーの腕を把った。

「行くぞ。ここにいても、彼女には会えない」

「そうなのか？」

ディーラーはきょとんとしている。

地表にでた。

人工島がごうごうと燃えていた。先ほどよりも火勢が強い。もはやナノマシンに消せる状態ではないようだ。

射撃音が轟いた。

キングだ。

ビームライフルを撃ちまくりながら、炎の壁を破って飛びだしてきた。かれの部下たちも、そのうしろにつづいている。

「〈エルゴン〉は沈んだぞ」ジョウの姿を目にして、キングが怒鳴った。

「敵も、そのほとんどを撃破した」

「脱出できるのか？　この空間から」

タロスが訊いた。

「海で〈グリンディロ〉が待っている。空間からの脱出口の情報も水巫女様からもらった。あとは運次第だ」

「運とは、ハードルが高い」

タロスがにやりと笑った。

「水巫女様だっ！」

声があがった。キングの部下が後方右手を指差している。

ジョウは振り向き、目をやった。

右手は岸壁だった。人工島が大きく裂けて分断されている。島の奥にいたつもりだったが、思っていたよりも海が近い。たぶん、人工島が細かく割れはじめているのだろう。

海面に人影があった。

アプサラだ。波を切り、跳ねるように泳いでいる。その姿は、まさしく人魚だ。

ジョウは通信機をオンにした。

「ネレイスは？」

静かに問う。

「死んだわ」

短い答えが返ってきた。

「キング、聞こえてる？」

今度は、アプサラが訊いた。

「はっきりと」

通信機を手に、キングが答えた。

「あなたに同行します」アプサラは言った。

「あたしを誰の目にも届かない場所に連れていって。銀河連合の目すら届かない場所。そんなところが本当にあるのなら」

「承知しました」何ひとつためらうことなく、キングは言った。

「われらにおまかせください。死力を尽くします」

「〈グリンディロ〉、浮上します」

ソレルが言った。

6

〈グリンディロ〉があらわれたのは、岸壁から百メートルほどのところだった。先の接近よりも近い。この距離なら、移乗も容易だ。

「よし。ロープを張れ」

キングが命じた。

そこに。

幾筋もの光条が疾った。

「うわっ」

「ぎゃっ」

悲鳴をあげて、キングの部下が倒れた。

フィジアル軍だ。突撃してきた。

「大佐！」

キングの頬が小さく痙攣した。

先頭に立っているのは、カレザフ大佐だ。キングはその名前も顔も知らない。だが、一瞥すれば、わかる。軍服には階級章もついている。あれは、大佐だ。フィジアルの総帥だ。うしろに三十人ほどの兵士を率いている。

「どこがほとんど撃破だ」うなるようにタロスが言った。

「まだけっこういるじゃねえか」

レーザーライフルを構え、タロスは前進する。

「どうってことない人数だよ」

リッキーがタロスの横に並んだ。リッキーはヒートガンを手にしている。

「ソレル！」キングが副長を呼んだ。

「ロープ張りを続行だ。さっさと片づけろ」

「はっ」

キングは大佐に向き直った。

「てめえの野望は、もうおしまいだっ」

吐き捨てるように言う。

部下数人とともに、キングも動いた。タロスとリッキーのあとを追った。

「ぼくも行く。戦うぞ！」

ディーラーが昂奮して叫んだ。手をぐるぐると振りまわしている。

「だめだ」ジョウが止めた。

「あんたはロープ張りを手伝え。アルフィン、こいつをガードしろ」

ディーラーをアルフィンに預け、ジョウは体をひるがえした。

戦いに加わる。

激しい撃ち合いがはじまった。

真っ平らな島だ。身を隠すところなどどこにもない。全身をさらしての熾烈な攻防である。視界をさえぎるのは、地表から吹きだしている紅蓮の炎だ。

炎と炎の間をすりぬけながら、敵味方、互いに撃ちまくる。

タロスが岸壁側からフィジアル軍に迫った。リッキーがヒートガンを連射して援護している。小柄なリッキーは、身を伏せると攻撃目標にならなくなる。援護にはもってこいだ。

タロスが三人の兵士を打ち倒した。さらに前に進もうとする。

そこへ。

ビームがきた。

背中を直撃した。

「ぐあっ」

肩と腰を灼かれ、タロスが転がった。防弾耐熱のクラッシュジャケットだが、ビームの直撃となると、その効果も大きく減じる。

「クラッシャーか」

海水をしたたらせ、岸壁から男がひとり、あらわれた。ギグのパイロットスーツを身につけた男だ。右手にレイガンを握っている。

ペグパウラ。

爆発寸前、ウォーラスのフィンによってずたずたに切り裂かれたシルバーバックから脱出した。

海に逃げ、ここまで泳いできた。崩壊して、ぎざぎざに割れた岸壁を登り、地表へと這いあがった。

肩を灼かれたタロスはレーザーライフルを落とした。

「てめえら、みんなぶっ殺してやる」

ペグパウラはいきりたっている。レイガンの銃口をタロスの額に向けた。

「残念だな」

タロスは動じなかった。小さく肩をすくめ、言った。

「俺のからだ、機械なんだよ」

右手で左の手首を外した。

タロスの左腕はロボット義手だ。中に機銃が仕込んである。その銃身があらわになった。

射撃音が響いた。

銃弾を浴び、弾けるようにペグパウラが飛んだ。

その背後は、海だ。

鮮血を四方に散らし、岸壁から落下した。

ジョウの脇をナイフの切っ先がかすめた。

ぶうんと低い音が響く。

炎の壁をはさんで、ジョウはカレザフと対峙していた。

少し前、双方の火器のエネルギーが尽きた。熾烈な撃ち合いの結果だった。残るは、ともに携帯ナイフだけ。ナイフは刃が電磁メスになっていて、クラッシュジャケットでも、その攻撃を防ぐことができない。

「まさか、ここまできてクラッシャーと戦うことになるとはな」

カレザフは自嘲している。

「あんたがフィジアルのボスか」

ジョウは睨むようにカレザフを見た。背が高い。左頬に熱線で灼かれたようなケロイド状の傷がある。この地で日々、激戦を戦いぬいてきた軍人の顔だ。後方で作戦を立てていた、やわな参謀ではない。

「クラッシャー、いまからでも遅くはないぞ」カレザフが言う。

「俺につけ。銀河連合の倍額を払ってやる」

「なるほど」ジョウの右目がすうっと細くなった。

「そうやって傭兵たちを掻き集めてきたんだ」

「どうする?」

「クラッシャーは傭兵じゃない。最初に交わした契約がすべてだ。この仕事が無事に終わったら、依頼内容を検討してやるぜ」

「そうか」カレザフが一歩、前にでた。

「無事に終わるといいな」

ときおり地表が割れる。そこから轟音とともに赤い炎が噴出する。火流が、ごおと吼える。

「しゃあっ」

カレザフのナイフが、ジョウに向かってまっすぐに突きだされた。

ジョウはそれを左によけた。よけて、自分のナイフを真横に薙いだ。

硬い金属音が耳朶を打つ。火花が散る。

蹴りがきた。カレザフの回し蹴り。ジョウの脚を払おうとした。軍隊格闘技だ。

ジョウはうしろに引き、蹴りをかわした。直後に右手前方へと身を投げだした。

ナイフで、逆にカレザフのふとももを狙う。

ジョウの一撃を、カレザフのナイフが受けた。

ジョウが立ちあがった。カレザフが上体をねじる。銀色の光が交差した。

小さな破裂音。

ナイフの先端が、ジョウとカレザフの皮膚をえぐった。

血が赤く舞う。

「なかなかだ」カレザフが薄く笑った。

「だが、素人の技だな」

間合いを詰めた。ジョウの懐に入ろうとした。動きが速い。ジョウはそれを止めきれない。

だが。

炎が吹きだした。

カレザフの足もとだ。そこが崩れ、燃えあがった。

「くあっ」

カレザフが炎に顔を灼かれた。

ジョウが前に跳ぶ。炎の柱を越え、カレザフの背後にまわりこんだ。

一閃する。

ナイフが。

カレザフの首すじを斬った。浅手だ。しかし、傷口が弾ける衝撃で、カレザフの足がもつれた。

よろめき、つんのめるように炎の中に倒れこんだ。

地表がさらに大きく割れた。炎の勢いが一気に増した。

「があああああ!」

すさまじい悲鳴があがった。

カレザフが火に包まれる。

全身が炎上する。

「ジョウ!」

キングがきた。やはり火器を持っていない、ナイフを手にしている。

「やばいぞ。島が本格的に崩壊しはじめた。ここは、もうだめだ。逃げろ!」

気がつくと、周囲は完全に火の海だった。

時空制御装置を暴走させ、この空間を破壊する。

アプサラは、アルフィンにそう言った。

いま、それがピークに至ろうとしている。

カレザフ大佐が灰となって散った。

「こっちだ」

キングがジョウを先導する。どうやら、他の兵士たちも片づいたらしい。

岸壁にでた。すでにロープが〈グリンディロ〉まで張られている。波が荒い。島が鳴轟している。

アルフィンとディーラーがロープを渡った。タロスとリッキーもいる。タロスのクラッシュジャケットが焼け焦げているようだ。リッキーとキングの部下ひとりが、ふたりがかりでその巨体を支えている。

「大佐をやったんだな？」

キングが訊いた。

「ああ」

ジョウはうなずいた。

「たいしたもんだぜ。クラッシャーってのは」

そして、キングは、ジョウの腰に滑走用のベルトをまわした。

7

シャトルがステーションにドッキングした。

通路の壁にはめこまれたスクリーンに、そのシャトルが映っている。〈カッパドキア〉から、ここまで飛んできた。

「到着だ」

キングがぼそりと言った。

「…………」

横にジョウが、うしろにアプサラが立っている。ジョウは何も言わない。アプサラも無言だ。

「うまくいったかな？」

キングはエアロックにつづく扉の前に移動した。扉には大きく24と書かれている。

「結果はどうでもいいんだろ」

ジョウが言った。

「たしかに」

キングは肩をそびやかした。

シャトルに乗っているのは、ディーラーだ。

〈グリンディロ〉で、ジョウたちはネレイスの空間から脱出した。その後、空間は岩盤ごとつぶれ、破片となってヤコブの梯子の底へと沈んだ。

ディーラーが連合宇宙軍と連絡をとり、〈グリンディロ〉は潜水艦から外洋宇宙船に戻って、マルガラスの衛星軌道に乗った。

そして、宇宙ステーション０１にドッキングした。

〈ベセルダ〉は、シェオール軍の傭兵機動部隊によって解放された。指揮をとったのは、フローズン・ハートのジブリールである。

ステーションで〈グリンディロ〉から下船したディーラーは、連合宇宙軍マルガラス派遣艦隊の旗艦〈カッパドキア〉にシャトルで向かった。タロスとアルフィン、リッキーは〈ミネルバ〉に戻った。連合宇宙軍に提出する報告書を作成するためだ。この報告書の提出をもって、今回の契約が終了する。

「ぼくがステーションに帰ってくるまで、アプサラとキングを見張っててくれ。うかつなマネをすると、〈グリンディロ〉は必ず連合宇宙軍に撃沈されるから」

ディーラーは冗談めかして、そう言った。

だが、それが冗談ではないことは明らかだった。

惑星グリンディロの水巫女が関わっている。

事は簡単にはおさまらない。

ディーラーが〈カッパドキア〉に向かってから十二時間後。

〈グリンディロ〉に連絡が届いた。

「これから、そっちに戻る。エアロック24の前で、待っていてくれ。立ち会えるのはジョウとアプサラとキングだけだ」

シャトルが到着した。

扉の上の赤色灯が明滅した。

ひらく。

横にスライドした。

ディーラーがでてきた。

ひとりだ。ほかには誰もいない。

キングが駆け寄った。

「ディーラー！」

「大丈夫だよ」

右手を軽く挙げ、ディーラーはキングを制した。

「どうなった？」

ジョウが訊いた。

「すべて話がついた」ディーラーは答えた。

「キングとその仲間、それにアプサラは、全員がぼくの調査団の一員として現地雇用した発掘協力者だ。その契約が有効であることを銀河連合に認めてもらった。今後は、自由にどこに行ってもいい」

「それ、すげえやばいんじゃないのか？」

キングが言った。表情が固い。

「やばいね」

ディーラーはいたずらっぽく笑った。

「あんたの立場に影響するぞ」

ジョウが言った。

「そのときは、そのときさ」

ディーラーはアプサラを見ている。

「なぜ、あたしたちにそこまで？」

アプサラが口をひらいた。

「世話になったから。それだけじゃだめか」

「マルガラスの調査はどうする？」

「続行するよ」ディーラーはジョウに視線を移した。

「しばらくは再開できないかもしれないが、今回のことで、シェオールとオズマ間で和平交渉もはじまった。長い戦争が、どれほどのストレスを軍と国民に与えたのか、双方の指導者もようやく気がついた」

「…………」

「つぎの発掘と調査は、もう少しやりやすくなるだろう。たぶん、クラッシャーによる護衛が要らなくなるくらいには」

「商売にならないな」

キングがぼやく。

「傭兵もあがったりよ」

アプサラも同意する。

「ネレイスは死んだし、かれの空間もなくなってしまった」ディーラーは言葉をつづけた。

「しかし、遺跡は、まだほかにもある。もしかしたら、異種知的高等生命体の生き残りもどこかにひそんでいるかもしれない」

「ネレイスか」

ジョウのまなざしが少し遠くなった。

先史文明の高等生命体。ある意味では、かれらは恐ろしく人類に似ていた。進化が一定のレベルに到達してしまえば、いかなる高等生命体であろうと、すべてああいった人格を持つに至るのだろうか。メンタリティが、ひとつの方向に収斂《しゅうれん》されていくのだろうか。

「とりあえず、ぼくはもう少し後始末をしなければならない」

「また〈カッパドキア〉へ？」

「しばらく軟禁状態だね。あらゆる情報をぎゅうぎゅうと絞りだされるみたいだ」

「あなたには迷惑をかけたわ」

アプサラが言った。

「大歓迎だよ」

「え？」

「アプサラ、きみにかけられる迷惑なら」

そこで、ディーラーはきびすを返した。三人に背を向けた。

エアロックの扉がひらく。

「じゃあ、また」背を向けたまま、手を振った。

「再会できるかどうかはわからないが」

エアロックに入った。

扉が閉まった。

「…………」

「意外だ」キングが言った。

「おとなの対応だぜ。ぼんぼんの学者先生のはずだったのに」

「俺も自分の船に戻る」ジョウが言った。

「つぎの仕事のオファーがきているようだ」

「ジョウ」

体をひるがえし、〈ファイター1〉が繋留されているエアロックに向かおうとするジョウを、アプサラが止めた。

すうっと近づき、耳もとに顔を寄せる。

「ネレイスは死んでない。復活するわ」

小声で囁《ささや》いた。

「?」

「あたし、かれの記憶と自我、それに遺伝子情報を託されているの」

「託された? どこにだ?」

「あたしの体内に」

「………………」

「すぐには無理かもしれないけど、あたしが、かれをいつか復活させる。かれはあたし、あたしはかれ。あたしはそう感じた。短い間だったけど、あたしはかれと意識を共有した。それを、もう忘れることはできない」

「そうか」低い声で、ジョウは言った。

「そういうことだったのか」

小さくうなずいた。

ややあって。
〈ファイター1〉が宇宙ステーション01から離れた。
その行手には。
〈ミネルバ〉が浮かんでいる。

本書は書き下ろしです。

クラッシャージョウ・シリーズ／高千穂遙

連帯惑星ピザンの危機
連帯惑星で起こった反乱に隠された真相をあばくためにジョウのチームが立ち上がった！

撃滅！　宇宙海賊の罠
稀少動物の護送という依頼に、ジョウたちは海賊の襲撃を想定した陽動作戦を展開する。

銀河系最後の秘宝
巨万の富を築いた銀河系最大の富豪の秘密をめぐって「最後の秘宝」の争奪がはじまる！

暗黒邪神教の洞窟
ある少年の捜索を依頼されたジョウは、謎の組織、暗黒邪神教の本部に単身乗り込むが。

銀河帝国への野望
銀河連合首脳会議に出席する連合主席の護衛を依頼されたジョウにあらぬ犯罪の嫌疑が⁉

クラッシャージョウ・シリーズ／高千穂遙

人面魔獣の挑戦
暗殺結社からの警護を依頼してきた要人が殺害された。契約不履行の汚名に、ジョウは？

美しき魔王
暗黒邪神教事件以来消息を絶っていたクリスが病床のジョウに挑戦状を叩きつけてきた！

悪霊都市ククル 上下
ある宗教組織から盗まれた秘宝を追って、ジョウたちはリッキーの生まれ故郷の惑星へ！

ワームウッドの幻獣
ジョウに飽くなき対抗心を燃やす、クラッシャーダーナが率いる〝地獄の三姉妹〟登場！

ダイロンの聖少女
圧政に抵抗する都市を守護する聖少女の護衛についたジョウたちに、皇帝の刺客が迫る！

著者略歴　1951年生，法政大学社会学部卒，作家　著書『ダーティペアの大冒険』『連帯惑星ピザンの危機』『ダーティペアの大帝国』（以上早川書房刊）他多数

HM=Hayakawa Mystery
SF=Science Fiction
JA=Japanese Author
NV=Novel
NF=Nonfiction
FT=Fantasy

クラッシャージョウ⑪

水《みず》の迷宮《めいきゅう》

〈JA1100〉

二〇一三年　二 月二十五日　発行
二〇一五年十一月　十五 日　四刷

（定価はカバーに表示してあります）

著　者　高《たか》千《ち》穂《ほ》遙《はるか》
発行者　早川　浩
印刷者　矢部真太郎
発行所　株式会社　早川書房

郵便番号　一〇一‐〇〇四六
東京都千代田区神田多町二ノ二
電話　〇三‐三二五二‐三一一一（大代表）
振替　〇〇一六〇‐三‐四七七九九
http://www.hayakawa-online.co.jp

乱丁・落丁本は小社制作部宛お送り下さい。
送料小社負担にてお取りかえいたします。

印刷・三松堂株式会社　製本・株式会社フォーネット社

ISBN978-4-15-031100-1 C0193